MAURICE THIÉ

Vivante E

*Ce qu'on lit
à vingt ans*

Le Roman complet
50 cent.

MAURICE THIÉRY

VIVANTE ÉNIGME

VIVANTE ÉNIGME

I

— Non, monsieur.

— Est-ce bien vrai ? Réfléchissez, mademoiselle, je vous en conjure ! Vous tenez ma vie dans vos mains...

— J'ai réfléchi ! dit la jeune fille avec un regard plein d'orgueil. De quel droit pensez-vous que je n'ai pas réfléchi ?

Pierre Hémery n'osa répondre et se contenta de lever ses yeux suppliants sur Hélène.

Les paupières de celle-ci battirent deux fois et ses longs cils s'abaissèrent.

Si Pierre l'avait osé, il lui eût dit qu'après l'avoir tant encouragé, elle n'avait pas le droit, maintenant, de lui défendre de demander sa main... Mais Pierre était un timide et la victoire appartient aux audacieux.

Cependant Hélène resta plus troublée du reproche muet qu'elle ne l'eut été d'un éloquent réquisitoire.

— C'est donc sérieux ? dit-elle, sans regarder le jeune homme, pendant qu'un demi-sourire creusait une fossette dans chacune de ses joues.

— Sérieux ? Certes ! Sachez, mademoiselle, que la chose la plus difficile qu'il y ait au monde, pour un homme, c'est de se décider à demander une jeune fille en mariage.

— Les femmes mariées, c'est moins sérieux ? dit étourdiment Hélène.

— Hein ! dit la tante Vincent, qui se tenait un peu plus loin, et n'en écoutait que mieux.

— C'est moins sérieux, répéta l'incorrigible Hélène, parce que ce n'est pas éternel, n'est-ce pas ? tandis que le mariage...

— Mais, petite fille, où allez-vous chercher toutes ces choses dit Mme Vincent, qui jugea nécessaire de se lever et de se rapprocher des jeunes gens.

— Ma tante, c'est vous-même qui l'avez dit au général Dutram qui vous racontait ses conquêtes... Ce n'est pas de la conquête de l'Algérie qu'il parlait, bien certainement !

Tout déconfit qu'il était, Pierre ne put s'empêcher de rire.

Mme Vincent leva les mains au ciel, et s'assit sur le même banc que sa nièce, qui lui fit place.

— Mais, ma nièce, même quand je l'aurais dit dans certaines circonstances que je ne me rappelle point, ce ne serait pas une raison pour le répéter !

— Ma tante, voulez-vous me dire, s'il vous plaît, à quoi l'on distingue les choses qu'il faut répéter de celles qu'il faut taire ?

La tante, désarmée, jeta un regard au jeune homme, qui lui répondit dans le même langage : Elle est adorable !

— Vous vous querelliez ? fit Mme Vincent.

Hélène se détourna sans répondre et se leva: Pierre répondit d'un ton dégagé :

— Mais non, chère madame.

— Ah ! fit tranquillement la bonne dame, c'est que vos amitiés ressemblent si fort à des querelles, que l'on pourrait s'y tromper.

Le silence régna bientôt sur la terrasse. Tout doucement, sans affectation, Hélène s'éloigna dans la direction du jardin ; mais avant de disparaître, elle jeta au jeune homme un regard qui signifiait : Je vous le défends.

Il répondit par un profond soupir, qui eut son écho chez Mme Vincent.

— Elle ne veut pas ? demanda-t-elle confidentiellement.

— Eh ! qu'en sais-je ! fit Pierre avec un geste découragé. Hier soir, elle était bonne et charmante ; aujourd'hui, tout est changé. Pourquoi ?

— Nous l'avons gâtée, dit Mme Vincent, après un long silence. J'ai une grosse part de responsabilité dans cette éducation bizarre. C'était trop aussi d'avoir vu mourir tous les siens. Nous n'avons pensé qu'à la conserver vivante, elle et bien portante... Nous nous trouvions assez heureux de la voir vivre, et nous ne lui en demandions pas davantage. Cela n'a pas réussi.

— Oh ! s'écria Pierre indigné, que vous faut-il de plus ?

La tante d'Hélène ne put s'empêcher de rire de ces ferventes protestations de l'amoureux éconduit.

— Ce ne sont pas des caprices, affirma résolûment Hémery ; elle a toujours une bonne raison pour faire ce qu'elle fait, malheureusement...

— Rien de plus, dit-elle, quelque chose de moins ; moins de caprices, moins de fantaisies étranges.

— Malheureusement elle ne veut pas vous permettre de la demander en mariage, n'est-ce pas ? Si elle vous accordait cela, vous lui passeriez tout le reste ?

— Je crois bien ! fit Pierre en riant malgré lui.

Hélène reparut au bout d'une allée, les mains pleines de fleurs sauvages, qu'elle avait cueillies dans les pelouses encore non fauchées. Elle jeta un regard rapide sur la terrasse, s'assura que les deux conspirateurs qui en voulaient à sa liberté se trouvaient encore là, et s'enfonça dans l'allée de tilleuls. Sa robe claire reparut deux ou trois fois à travers les branches des lilas, puis disparut tout à fait, emportant la joie des yeux de celui qui l'aimait.

II

Sur la terrasse, dans l'ombre chaude du grand store rayé de rouge, apparut Mme Beauvais ; la tête nue, son ombrelle à la main, elle traversa l'espace ensoleillé et vint rejoindre les causeurs.

Son sourire alla de l'un à l'autre avec une égale tendresse, une semblable confiance, et elle reçut en réponse deux regards pleins de bonne amitié.

Isabelle Beauvais n'était plus ce qu'on appelle une jeune femme, et pourtant, si elle l'avait voulu, nul n'eût mieux tenu sa place au sein du bataillon des élégantes.

Elle venait d'avoir trente-sept ans, et rien ne lui eût été plus facile que de cacher sept ou huit années, mais c'était là une faiblesse dont elle était incapable. Elle avouait son âge franchement, peut-être même avec un peu d'ostentation, et se parait avec une sorte d'orgueil des quinze années de mariage qui avaient passé sur elle en la mûrissant sans la flétrir.

Cette indifférence aux triomphes ordinairement recherchés par les femmes avait une cause profonde : l'amour unique, presque légendaire, de M. et Mme Beauvais.

Robert Beauvais avait épousé Isabelle après quelques-uns de ces empêchements ordinaires qui se mettent à la traverse de la plupart des mariages, on ne sait trop pourquoi, car les obstacles sont toujours écartés.

Ceux qui avaient arrêté momentanément l'union de M. et Mme Beauvais étaient précisément de ceux qui découragent les affections et avivent les passions sérieuses. Après dix-huit mois d'attente, le jour où Robert emmena chez lui sa jeune femme, il n'était pas d'êtres plus heureux sous le ciel. Ce bonheur, depuis, n'avait jamais cessé ; avec le temps et l'âge il avait pris une autre forme.

Les époux Beauvais étaient, heureux en tout : une fortune solidement établie, une situation sociale de nature à ouvrir un accès facile à toutes leurs ambitions, s'ils en avaient eu, une santé florissante, tels étaient les dons que la destinée leur avait faits, dans un jour de libéralité. Leur seul chagrin était de n'avoir pas d'enfant, mais celui-là est un de ceux qui trouvent des compensations.

— Nous aimerons les enfants des autres, disait Robert Beauvais avec un soupir.

C'est ce qu'ils firent, et ils furent aimés. Leur humeur égale, la générosité de leur caractère faisaient d'eux des amis sûrs et précieux.

Parmi les enfants qu'ils avaient vus se développer sous leurs yeux, Hélène Charlier était peut-être celle qui leur inspirait le plus d'intérêt. C'était la fille d'un ami de Robert Beauvais, beaucoup plus âgé que lui, et qui s'était marié assez tard. La petite fille perdit sa mère en naissant, et le père, ne se sentant pas assuré de vivre jusqu'au moment où elle pourrait se passer de lui, la confia à son jeune ami.

— Tu te marieras, lui dit-il, sois un père pour elle ; et pour peu que tu épouses une femme digne de toi, cela vous fera une enfant toute venue, qui vous inspirera le goût de la paternité.

Robert fut donc le parrain d'Hélène. Il avait vingt-deux ans alors, et ne devait se marier que quatre ans plus tard. M. Charlier vécut assez longtemps pour être témoin du bonheur de son jeune ami, et pour s'assurer qu'en effet Isabelle Beauvais serait une mère pour sa fille, s'il en était besoin.

Hélène ne devait pas manquer de mères, d'ailleurs ; sa tante Vincent se dévoua absolument à elle et lui fit la plus douce des existences. Trop douce, peut-être, car la jeune fille se développa en liberté, sans autre contrainte que celle des bonnes manières, sur lesquelles Mme Vincent, indulgente à l'excès pour tout le reste, se

montrait absolument inflexible. Mais l'âme d'Hélène, naturellement indomptable, resta indomptée.

C'est au château de Beauséjour que, chaque année,
les époux Beauvais venaient voir leur petite amie, dans
le repos de la vie des champs. Là, dans cette douce oisi-
veté qu'inspirent la verdure et le ciel bleu, Robert Beauvais interrogeait sa filleule sur ses études, sur ses impressions, et il entrait bien mieux dans la vie de ce
jeune cœur qu'il n'eût pu le faire pendant dix années
de l'existence parisienne.

Tout alla bien jusqu'au jour où Hélène eut dix-huit
ans. Ce jour-là, Mme Vincent avait convié à Beauséjour la
fleur du panier de ses amis, pour fêter l'avènement à la
vie sociale de ce joli papillon, resté jusqu'alors chrysa-
lide. Trois mois après, Robert Beauvais revint voir sa
filleule. Dès son arrivée, il lui dit :

— Je suis venu aujourd'hui parce que j'avais des ques-
tions sérieuses à traiter avec votre tante.

Hélène le regarda d'un air qui semblait dire : Avec
moi, ce serait, je crois, bien plus pratique et plus intéressant ; mais Beauvais fut impitoyable.

— Nous vous avons laissé jouer à la petite reine, dit-il ;
c'était fort gentil. A présent, vous avez dix-huit ans, il
faut songer à votre entrée dans le monde, et nous devons nous consulter à ce sujet.

— C'est bien simple, dit Hélène en rougissant, vous
me prendrez chez vous l'hiver prochain, et ma marraine
me mènera dans le monde avec vous; pendant ce temps-
là ma tante Vincent, qui déteste Paris, s'occupera des
raisins de conserve à Beauséjour.

Elle avait pris dès l'enfance l'habitude de nommer
Isabelle Beauvais sa marraine, afin de ne pas la séparer
de son cher parrain. La véritable marraine n'avait pas
eu le temps de s'en formaliser, attendu qu'elle était partie pour l'autre monde avant qu'Hélène pût épeler con-
venablement. Beauvais resta muet.

Certes, ç'aurait été charmant d'avoir à son foyer cette
fantasque jeune fillette, si jolie, si bonne au fond, d'un
esprit si drôle et si original. Mme Vincent n'avait jamais

quitté sa nièce ; il ne pouvait entrer dans la pensée du parrain d'Hélène de séparer la bonne dame de son enfant d'adoption.

Une seconde de réflexion lui démontra qu'il serait fort gênant pour Isabelle de changer ses habitudes casanières et de se faire chaperon. C'est donc d'un air assuré qu'il répondit à sa filleule :

— Vous arrangerez cela selon vos goûts, mais, ma chère enfant, sous peine de vous montrer égoïste, il faut consulter un peu ceux des autres. Ce que vous proposez est tout simplement impraticable.

Hélène ne répondit rien, mais des larmes brûlantes tombèrent de ses yeux.

— Qu'est-ce donc, Hélène ? Avez-vous quelque chagrin que j'ignore ? demanda Beauvais.

— Vous ne m'aimez plus, dit tout bas la jeune fille.

— Moi ! s'écria Beauvais bouleversé, en se levant soudain.

Il lui prit les deux mains et resta devant elle, profondément peiné à la pensée que cette enfant qu'il avait vu naître doutait d'une affection qui formait une partie de sa vie intime.

— Pourquoi pensez-vous que je ne vous aime plus ? Ne suis-je pas votre meilleur ami ? N'ai-je pas été celui de votre père ? Vous ai-je témoigné autre chose que l'affection la plus sincère, la plus tendre ?

— Vous me disiez toi, autrefois, murmura Hélène, et vous m'emmeniez avec vous à tout moment...

Aujourd'hui, vous refusez de me prendre chez vous cet hiver, et depuis six mois vous me dites *vous*, comme si j'étais une étrangère !

Beauvais sentit l'impossibilité d'expliquer à la fois tant de choses à cet enfant en larmes. Il se contenta de l'apaiser par des paroles affectueuses et lui promit de trouver une solution qui satisfît tout le monde.

En effet, avant de quitter Beauséjour, il s'arrangea avec Mme Vincent pour qu'elle vînt habiter près d'eux, dans la même maison, un appartement qui permettrait à Hélène de passer une grande partie de son temps sous

leur toit, tout en laissant à Mme Beauvais la liberté
entière de ses actions, puisque Mme Vincent restait le
chaperon responsable de sa nièce.

Lorsque cette résolution fut prise, Robert voulut la
notifier lui-même à la jeune fille avant de partir.

— C'est arrangé, Hélène, dit-il en lui prenant la main.
Vous passerez l'hiver aussi près de nous que cela se peut
sans que nous vivions absolument ensemble; nous nous
verrons tous les jours; mais tu seras bien sage et tu
tâcheras de ne pas donner de souci à ta marraine.

Elle lui sauta au cou sans répondre. Il sentit ses deux
bras de fillette se rejoindre derrière sa tête et la serrer
presque jusqu'à l'angoisse. En même temps, elle lui plan-
tait sur les joues deux baisers de nourrice.

— Hélène! dit Beauvais d'un ton de reproche.

— Mon parrain, dit-elle tout d'une haleine, si vous
étiez gentil, au lieu de vous en aller tout seul vous
ennuyer avec marraine dans votre propriété de la vallée
d'Auge, vous feriez bien mieux de passer six semaines
ici... ou trois mois. Vous savez... je dis six semaines pour
ne pas vous effrayer.

— Nous verrons, fit Beauvais, en riant de la forme
singulière de l'invitation; je ne dis pas non; soit avant,
soit après la vallée d'Auge.... nous verrons!

Il se tourna vers Mme Vincent pour lui dire adieu et
descendit rapidement le perron. Comme il arrivait au
bas, il entendit derrière lui un frôlement léger et une
petite main se glissa sous son bras.

— O mon parrain, que je vous aime! Vous êtes ce que
j'aime le mieux au monde, lui jeta Hélène à l'oreille.

Avant qu'il fut remis de sa surprise, elle grimpait
déjà l'escalier, la tête tournée vers lui, et il put voir sur
ce jeune visage une expression de tendresse et de confiance enfantines.

— Quelle gamine! se dit Robert Beauvais. En voilà
une qui donnera du fil à retordre à sa tante l'hiver prochain! Ma pauvre Isabelle! S'il lui avait fallu chape-
ronner ce diablotin, elle y aurait perdu la sérénité qui
la rend si merveilleusement douce et bonne.

III

Comme il rentrait chez lui, il leva les yeux pour regarder ses fenêtres. C'était une vieille habitude d'amoureux, prise dans les premiers temps de son mariage, alors qu'il était certain de trouver, au retour, le visage d'Isabelle anxieusement dirigé vers le côté par lequel il devait revenir. Avec les années, Isabelle s'était moins souvent montrée à la fenêtre.

Ce soir, les fenêtres de la chambre étaient obscures; en revanche, il y avait de la lumière dans le salon.

— Comme elle a dû s'ennuyer! pensa Beauvais.

Il monta rapidement les deux étages, entra avec sa clef, ouvrit la porte du salon, et resta saisi d'étonnement devant un beau garçon de vingt-cinq ans, complètement inconnu, qui causait familièrement avec Isabelle. Penché sur le bras de son fauteuil, il lui faisait lire une lettre, et tous deux riaient aux éclats.

— Enfin, s'écria Mᵐᵉ Beauvais, voilà mon mari!

Le visiteur s'était levé et tendait ses deux mains cordiales à Beauvais, qui répondit d'un air froid :

— Pardon, Monsieur, je n'ai pas l'honneur...

— Pierre Hémery, fit Isabelle en les poussant l'un vers l'autre.

Cette fois, ce fut Beauvais qui ouvrit les bras au visiteur, qui s'y précipita.

— Enfin! garnement! dit Robert en s'asseyant sur un canapé bas, auprès de sa femme, en face du jeune homme. D'où viens-tu? Quelle nouvelle sottise as-tu faite, que te voilà de retour? Je me figurais que tu étais parti pour dix ans!

— Et vous auriez été bien débarrassés de moi! fit

Pierre en riant. Eh bien ! non ! Je n'ai pas commis la moindre sottise, si invraisemblable que cela puisse paraître. J'étais de l'expédition Duclos, dans l'Oubanghi. Mais je ne vais pas vous parler géographie, cela ne vous amuserait pas du tout, ni moi non plus. Nous avons perdu en route les deux tiers de la mission, l'autre tiers a été rappelé, et me voici revenu, avec une barbe énorme, un teint de Bédouin, et beaucoup de petites curiosités dans mes malles, pour les petites armoires de Mme Beauvais.

— Tu as couru de grands dangers ? fit Beauvais, qui le regardait avec intérêt.

— Peuh ! Quand on n'est pas tué, vous savez, cela n'a pas d'importance. J'ai reçu une balle dans le bras, mais cet imbécile de nègre qui m'a manqué, visait si mal qu'il m'a fait un simple trou au travers, absolument comme avec une lardoire, et encore c'était le bras gauche ! Il n'était pas malin, allez, ce nègre-là, celui qui a tué le capitaine était plus adroit... Mais ne parlons plus de cela. Tout ce qui me tenait si fortement quand j'étais là-bas, n'existe plus aujourd'hui... Je suis chez vous, Beauvais, et je ne connais plus que vous.

— Tu vas recommencer la vie d'autrefois ? dit Robert en levant l'index avec reproche.

— Quelle vie d'autrefois ? J'ai donc eu une vie d'autrefois ? C'est curieux ! moi qui me figurais être arrivé tout vif d'Afrique, après avoir été élevé parmi les crocodiles...

— Ce qui ne t'a pas empêché de dépenser de jolies sommes dans un tas d'endroits où l'on ne s'amuse pas pour rien, repartit Beauvais.

— Cela vous étonne, vous, parce que vous vous amusez pour rien chez vous, bien gentiment; c'est Mme Beauvais qui vous fait de la musique, de sorte que n'avez pas besoin d'aller à l'Opéra. C'est Mme Beauvais qui forme sa cuisinière, si bien que vous ne dînez pas chez Marguery, et c'est meilleur... Vous êtes bien heureux d'être marié avec Mme Beauvais, vous ne pouvez pas vous imaginer les économies que cela fait faire !

— Plaisante, va ! reprit Beauvais qui est-ce qui t'empêche de te marier ?

— Ma timidité !

M. et Mme Beauvais éclatèrent de rire. L'idée que Pierre pouvait être timide leur paraissait d'un comique achevé.

— Riez tant qu'il vous plaira ! continua le jeune homme. Je sais bien que c'est drôle, avec une barbe comme j'en ai une, de prétendre à la timidité, d'autant qu'il n'est pas donné à chacun de posséder cette dernière qualité. Mais je suis timide dans le monde. J'ai peur des demoiselles, des demoiselles bien élevées, veux-je dire, j'ai encore plus peur de leurs mamans, — et de leurs papas, c'est bien pis ! Et de leurs tantes, leurs oncles, etc. Et de M. le maire et son adjoint. Je n'en sortirai jamais !

— Il n'y a pourtant de vrai et de beau que le mariage, dit Mme Beauvais de sa voix riche et douce.

— Parbleu ! à qui le dites-vous ? Quand on a vu le vôtre, on est converti !

Son regard affectueux enveloppa les deux époux de la même lumière chaude.

— Donc, conclut Isabelle, il faut vous marier.

— Impossible ! Me marier moi-même, jamais de la vie ! Mariez-moi si vous voulez : je serai une victime souriante et résignée; vous pourrez même me parer de fleurs, je me laisserai faire.

— Je ne me mêle jamais d'un mariage, dit Isabelle; j'ai le cœur trop tendre; je ne pourrai jamais supporter la vue des malheureux que j'aurai faits.

— Pourquoi seraient-ils malheureux ? Avec le goût parfait qui vous caractérise, vous sauriez les assortir ! Ce n'est pas plus difficile, au fond, que d'arranger un ameublement; le tout est d'avoir le discernement.

Il regarda autour de lui le salon aimable, aux couleurs douces, harmonieusement fondues en un ensemble délicieux.

— C'est joli ici, dit Pierre; c'est pourquoi j'aimerais bien être marié par vous !

Il se tut, Robert et Isabelle échangèrent un regard.

— Quel âge as-tu ? demanda Beauvais.

— Mes papiers ? Voici : Pierre-René Hémery, vingt-cinq ans, fils orphelin du général Hémery, vingt-deux mille francs de rente, santé parfaite, caractère doux, humeur ordinaire.. Que vous faut-il encore ?

— Pourquoi es-tu parti avec la mission Duclos ques-tionna Robert.

— Ah ! voilà !...

— Un désespoir d'amour ?

— Non ! Je n'ai jamais aimé, ce qui s'appel'e aimer. Je vais vous paraître fat, mais voici la vérité. Il y avait une petite femme qui s'était attachée à moi... je ne voulais pas m'attacher à elle; j'ai toujours eu peur de ces liens qui se font si facilement et qu'on ne peut plus défaire ensuite... Alors, comme je n'avais pas le courage de rom-pre, j'ai cherché un prétexte pour m'en aller : il y avait la mission Duclos, je l'ai suivie. Voilà tout.

— C'est extrêmement simple ! fit Isabelle.

— Tu ne pouvais pas aller moins loin ? dit Beauvais.

— Je n'ai pas trouvé d'occasion, répondit le jeune homme.

Après un silence, il ajouta en souriant :

— Eh bien ! me marierez-vous ?

— On verra... fit posément Beauvais. Tu n'es pas si pressé, j'imagine !

Au moment de partir, Pierre dit :

— Me permettrez-vous de reprendre ma bonne vie d'autrefois ? d'aller et de venir ici comme par le passé ?

— Je crois bien ! dit Beauvais. Tu es la joie de la mai-son.

Il suivit ses amis dans leur terre de province où ils restèrent un mois et où ils furent parfaitement heureux. Quand ils revinrent à Paris, avant le séjour que M. et Mme Beauvais avaient promis de faire à Beauséjour, la séparation fut pour tous une véritable peine.

Pierre était encore un de ces enfants que Beauvais avait vus naître. Lorsque, le premier dimanche après son mariage, était apparu à Isabelle, dans son uniforme de lycéen, ce garçon de dix ans, tout petit, mais très brave, elle s'était prise d'une grande pitié pour ce petit être charmant, jeté dans la vie sans père ni mère, aux soins d'un tuteur égoïste qui gérait fort bien sa fortune, mais qui le laissait au collège les jours de sortie. Les grands yeux bruns et l'air moitié vaillant, moitié effarouché du petit garçon touchèrent le cœur de la bonne Isabelle. Elle lui ouvrit ses bras maternels et l'aima comme son enfant.

— Tu as une fille, disait-elle en riant à son mari, quand il lui parlait d'Hélène, et moi, j'ai un garçon.

Plus tard, la vie de collège et les airs fanfarons de l'adolescent, qui arrachent moralement des mains et de la société des femmes les jeunes gens en train de grandir pour les rendre, quelques années après, à d'autres femmes qui ne valent pas les premières, détachèrent Pierre de sa grande amie. Il se fit rare et se montra froid.

— Bon ! Il te reviendra ! dit Beauvais à Isabelle, qui s'en plaignait non sans amertume. Toutes les couveuses en sont là; leurs fils leur échappent, et puisque c'est la loi naturelle, nous aurions tort de nous en plaindre ! C'est un moment à passer; seulement ne l'accuse pas d'ingratitude, car l'ingratitude est loin de son cœur !

C'était vrai; mais Isabelle souffrait, et elle souffrit pendant assez longtemps pour que son affection en fût refroidie. Beauvais s'était trompé, Pierre ne lui revint pas. Avec les années et la raison, il apprit à mener de front ses plaisirs et la reconnaissance amicale qu'il devait aux amis de son enfance; mais l'intimité avait disparu, quoique les apparences fussent les mêmes, et que le jeune homme prît une grande part à la vie de M. et Mme Beauvais.

A son retour d'Afrique, Pierre éprouva tout à coup un indicible besoin de courir à eux, de leur ouvrir son cœur. Il accourut, à peine débarqué, et trouva Isabelle toute seule pendant que Robert faisait sa visite à Beauséjour. Peut-être cette circonstance, ajouta-t-elle, sinon à son désir de s'épancher, — il était venu pour cela, — du moins à la douceur de ses confidences. Ce fut une confession générale. Emu de se voir toujours sincèrement aimé par les amis qu'il avait tant négligés, il s'accusa de tous ses torts réels et de quelques autres, imaginaires. Il se jura intérieurement qu'il aimerait mieux retourner au désert pour y recevoir une balle dans l'autre bras que d'affliger de si excellents amis. Depuis lors, tout alla le mieux du monde.

Mme Beauvais avait bien quelque frayeur de le laisser seul à Paris pendant qu'ils iraient faire à Hélène leur visite promise; mais son mari se moqua si bien d'elle qu'elle finit par rire de ses terreurs.

— Après qu'il a été massacré par les nègres dans l'Oubanghi, disait-il, tu t'inquiètes de le savoir sur le boulevard des Italiens!

— Ce n'est pas la même chose, dit la bonne Isabelle.

Ils allèrent à Beauséjour et y reçurent plusieurs lettres fort amusantes de leur jeune ami. Ils rentrèrent ensuite à Paris avec Mme Vincent et Hélène, et les délices d'un hiver mondain les absorbèrent chacun de son côté.

Lorsque Hémery revit Hélène, à une soirée que donnaient M. et Mme Beauvais, en l'honneur de leur filleule, il fut fort étonné du changement qui s'était opéré en elle depuis environ deux ans.

Il avait rencontré maintes fois cette gamine et l'avait toujours jugée peu digne d'attention. Elle portait alors ses cheveux ébouriffés sur ses yeux, plus moqueurs que tendres, et méprisait profondément la moindre allusion à plus de décence dans son maintien. Maintenant, c'était une jeune personne irréprochable. On pouvait, sans trop de rigueur, accuser son nez d'être un peu long, son visage un peu maigre et ses bras un peu grands, mais l'ensemble était satisfaisant, et les dix-huit ans de la jeune fille lui donnaient, en fraîcheur et en grâce malicieuse, ce qui pouvait lui manquer d'autre part.

Hélène, de son côté, accorda une attention particulière à ce demi-héros revenu de si loin; on a beau croire qu'on n'est pas romanesque, cela fait toujours quelque effet, à dix-huit ans, de danser avec un monsieur qui s'est battu contre les nègres.

Le défaut dont Pierre se plaignait si fort, la timidité,

n'était pas celui d'Hélène. Entre deux figures de contre-danse, elle dit délibérément au jeune homme :

— C'est donc pour danser cet hiver à Paris que vous avez quitté le centre de l'Afrique ?

— Précisément, mademoiselle, répondit-il; c'était pour avoir l'honneur de valser avec vous, si toutefois vous voulez bien m'accorder la première valse.

Elle consentit par un signe de tête fort noble; après quoi, questionnant son cavalier :

— Qu'est-ce qui vous a le plus manqué là-bas, dans le désert ? demanda-t-elle avec l'aplomb des ingénues, qui se doublait chez elle d'une indifférence complète pour le qu'en dira-t-on ?

À cette question, Pierre, interdit, resta muet. Il lui avait manqué tant de choses, qu'il se sentait incapable d'en nommer précisément une.

— Eh bien ? insista Hélène, qui tenait à ses idées.

Le jeune homme distingua à l'autre extrémité du salon le doux visage d'Isabelle; elle le regarda en souriant, heureuse de lui voir cet air reposé, contente de le voir près d'Hélène, qui n'était pas une de ces redoutables demoiselles à marier que les mères craignent pour leur fils. Une lumière traversa l'esprit de Pierre, et il répondit en toute sincérité :

— Parmi tout ce dont l'absence m'était pénible à supporter, je crois bien que ce qui m'a le plus manqué, c'était le sourire de Mme Beauvais.

Hélène fit un signe de tête plein d'approbation.

— C'est ma marraine, vous savez, dit-elle. Je l'aime beaucoup. C'est-à-dire que c'est la femme de mon parrain. Tout le monde l'aime.

— Ce n'est pas étonnant ! fit Pierre avec feu. Quand on l'a connue tout enfant comme moi, quand elle a été une providence visible, il faudrait être un monstre pour ne pas l'adorer.

— C'est comme mon parrain, dit la jeune fille, je l'adore.

— C'est fort sage, répondit Pierre en s'inclinant.

Mus par la même idée, ils regardèrent en même temps

Mme Beauvais, qui n'avait pas changé de place. En les voyant ainsi, elle eut comme une intuition, la pensée de les marier. Ce fut un éclair, elle en rit l'instant d'après; cependant elle quitta le salon où la danse terminée désorganisait les groupes, et se dirigea vers son mari, occupé ailleurs.

— Tu ne sais pas, lui dit-elle à voix basse, je viens d'avoir l'idée que Pierre et Hélène feraient un très gentil ménage.

— C'est vrai ! fit Beauvais surpris. Est-ce étonnant que je n'y ai jamais pensé ?

— Il n'y a pas de temps perdu, répondit Isabelle avec sa douceur tranquille. Nous en parlerons. En attendant, vois-tu quelque objection à les laisser se rencontrer souvent.

— Pas la moindre !

Isabelle retourna à ses devoirs de maîtresse de maison.

Cette idée vague prit bientôt un corps; Mme Vincent, consultée, se déclara ravie, et tout fut arrangé à l'insu des intéressés, sous la réserve expresse toutefois que la proposition viendrait d'eux-mêmes et ne leur serait nullement suggérée.

— Il sera même bon, dit Beauvais, qui se souvenait de son mariage, de leur susciter quelques obstacles, afin qu'ils aient le mérite de les vaincre. Ils n'en seront que plus heureux par la suite.

— Machiavel ! fit sa femme en le menaçant du doigt.

L'hiver s'acheva de la façon la plus brillante; avant Pâques, Mme Vincent avait reçu neuf demandes pour la main de sa nièce. Elle n'en avait repoussé aucune, remettant à plus tard le soin de débattre ces propositions. Ce moyen, excellent d'ailleurs, écartait immédiatement les prétendants peu sérieux et laissait le champ libre à toutes les démarches.

Ce qu'on attendait, c'était la demande de Pierre.

Il ne la fit pas.

Hélène l'attirait et lui faisait peur. Il sentait qu'il l'aimait et il avait peur de n'être pas aimé. La crainte d'être accepté comme un parti convenable le paralysait au point de lui ôter le goût du mariage. Plusieurs fois, il avait eu l'envie de retourner dans l'Oubanghi, non pour l'Oubanghi lui-même, mais pour fuir ce dangereux voisinage d'une jeune fille qu'il se mettait à aimer au point d'en souffrir, sans savoir si elle l'aimerait jamais. Il avait trop vu et trop étudié le ménage Beauvais pendant cet hiver-là pour ne pas se sentir altéré d'un mariage d'amour.

— Dans quinze ans, être comme eux, se disait-il, cela console de vieillir.

Il regardait Mⁿᵉ Beauvais avec une attention soutenue, pour voir si elle regrettait quelque chose dans tout ce qu'elle laissait insensiblement derrière elle. Non. Elle souriait à sa destinée; appuyée au bras de son mari, devenu son ami, son camarade de route, elle allait devant elle, sans se demander où la conduirait le chemin. Pourvu qu'elle l'eût toujours près d'elle, le reste lui importait peu.

Le printemps arriva et les bals devinrent plus rares. Pierre n'aimait point passionnément la danse; aussi se garda-t-il de s'en plaindre. Les réunions brillantes se trouvèrent insensiblement remplacées par des dîners intimes chez Mⁿᵉ Beauvais. Sans se donner précisément le mot, les amis s'y rencontraient; Mⁿᵉ Vincent montait le soir avec Hélène pour causer un instant, on y trouvait Pierre; ou bien c'était la jeune fille qui était restée à dîner chez Isabelle, et Pierre entrait ce soir-là, par hasard.... On faisait de la musique. Mⁿᵉ Beauvais avait une jolie voix, plus tendre que puissante, souple et émouvante, dont elle se servait avec le charme discret qui lui était propre, tandis qu'Hélène l'accompagnait au piano.

Vers l'époque du Grand Prix, on songea à la villégiature.

— C'est singulier ! s'écria Pierre, un soir que Beauvais discutait les plages avec Mⁿᵉ Vincent, on est heureux tout l'hiver, on ne se quitte que pour se retrouver, on passe ensemble plus de la moitié de la vie; puis, l'été venu, au moment où il serait le plus doux de jouir

ensemble du beau temps, de la verdure, de tant de choses charmantes, — ne me regardez pas d'un air moqueur
mademoiselle, je ne suis point poète, — c'est à ce moment, dis-je, qu'on se sépare... Quant à moi, Beauvais,
où vous irez, j'irai ! Après tout, les plages sont à tout
le monde, pourvu qu'il y ait de la place dans les hôtels.
Et quand il n'y en a pas, on a encore la ressource de
coucher dans les wagons, en gare, comme des colis de
petite vitesse.

— Ne vous échauffez pas, dit Isabelle, je n'ai pas l'intention d'aller à la mer cette année. La vallée d'Auge me
suffira.

— Eh bien, tant pis pour vous ! Je maintiens ce que
j'ai dit : où vous irez, j'irai !

— Alors, monsieur, fit Hélène, qui avait gardé le
silence jusque-là, nous aurons le plaisir de vous voir
à Beauséjour, car mon parrain et ma marraine m'ont
promis d'y passer la meilleure partie de l'été.

Mme Vincent ouvrait de grands yeux. C'était une
avance cela ! Comment le jeune homme allait-il la prendre ? La réponse ne se fit pas attendre.

— C'est, dit-il d'une voix émue, malgré ses efforts,
une faveur que je n'osais ambitionner... Je suis trop
reconnaissant pour être éloquent, mais...

Mme Vincent l'interrompit pour lui parler du domaine
de Beauséjour, de façon à sauver ce que l'invitation
avait eu d'imprévu. Isabelle regarda son mari, qui lui
répondit par un signe qu'il considérait dorénavant l'affaire comme conclue. Hélène n'avait pas l'air d'avoir
fait quelque chose de si énorme.

Trois semaines plus tard, les cinq amis se trouvaient
réunis au château de Beauséjour, en Eure-et-Loir.

Hélène se laissait courtiser, elle jouait avec Pierre
comme un chat avec une souris, tantôt l'encourageant,
tantôt le taquinant, et mêlant parfois à ses fantasques
façons d'agir une douceur émue qui ressemblait beaucoup à de l'amour.

IV

Ce fut au lendemain d'une de ces bonnes journées où Pierre avait cru pouvoir tout espérer, qu'il se hasarda à demander à la jeune fille de mettre fin à ces incertitudes en l'autorisant à une démarche définitive.

La matinée était superbe; il y avait dans toute la nature quelque chose de doux et d'apaisé qui semblait bien d'accord avec une entente cordiale de tous les êtres vivants; mais au premier mot, le visage d'Hélène changea, et elle répondit par le : non, monsieur, qui commence cette histoire.

Pierre alla conter sa déconvenue à Isabelle. Quand celle-ci eut tout entendu, elle resta pensive un instant.

— Croyez-vous vraiment qu'elle vous aime? dit-elle au jeune homme.

Il répondit :

— Je n'en sais rien. Je l'ai pensé plus d'une fois. A vrai dire, je le crois. Si ce n'était pas ridicule de dire qu'on puisse se donner et se reprendre à une heure d'intervalle, je dirai qu'il y a des moments où elle m'aime. Je l'ai senti à un léger frémissement, à un regard troublé, à je ne sais quoi de doux et de voilé qui se montre parfois dans tout son être; mais c'est une impression fugitive, insaisissable. Je ne puis la fixer, même pour un instant... Si je le pouvais, je serai sûr de mon bonheur. Hier, par exemple, nous étions dans le petit bois, et nous causions du dernier livre qu'elle a lu. Notre entente était parfaite, car, vous le savez, nos goûts en littérature ont beaucoup d'analogie; tout à coup, au moment où, enhardi par l'appréciation qu'elle portait sur le héros du roman, qui me ressemble, je m'en flatte, j'allais lui proposer de venir vous trouver en nous donnant la main, elle a entendu la voix de Beauvais qui grondait le jardinier à quelques pas de nous. Tout mon rêve s'est écroulé; elle est redevenue froide, presque méchante. Elle m'a retiré la main que je tenais déjà et elle m'a quitté cérémonieusement, comme si nous venions de faire un tour de valse. Je vous déclare que je n'y comprends rien !

— J'en parlerai à mon mari, dit Isabelle songeuse. Il a sur elle une influence extraordinaire qui tient presque du magnétisme.

— Mais, chère madame, je vous en supplie, pensez que je ne veux pas être épousé par obéissance ! s'écria Pierre avec feu. Toute ma vie j'ai eu peur du mariage de raison. J'en connais les résultats presque inévitables et je ne veux pas m'y exposer. J'ai ma petite théorie, voyez-vous ? Il faut qu'on s'aime obstinément, aveuglément, pour pouvoir aller jusqu'au bout du chemin de la vie sans verser en route. Il faut que l'amour nous mette des œillères, sans quoi l'on regarde à droite et à gauche, et alors on est perdu ! Ce n'est plus qu'une affaire de temps ou d'occasion !

— Entends-tu ces théories subversives ? dit Isabelle à Beauvais qui s'approchait. Si c'est là tout le cas qu'il fait de la vertu des femmes !...

— Oh ! ce n'est pas seulement celle des femmes, répliqua leur jeune ami; pour les hommes, c'est absolument la même chose. Et même, dans les meilleures unions, supposez qu'un moment les œillères fassent défaut...

— On verse ? dit Isabelle.

— Non. Mais on souffre jusqu'à ce qu'on ait retrouvé son harnais et repris sa route. Ce n'est pas subversif, je vous assure !

— Il a raison, dit gravement Beauvais. Ce qui m'étonne, c'est qu'il ait trouvé cela tout seul. C'est très profond, Pierre, ce que tu dis là !

— Ce n'est pas moi qui l'ai trouvé, fit le jeune homme en baissant les yeux. On me l'a enseigné jadis, et j'ai reconnu que c'était vrai, dans la plupart des cas.

Hélène reparut au bord de la pelouse; elle avait arrangé

ses fleurs en gerbe et les portait la tête en bas, comme un sac de voyage, d'un air indifférent. Elle jeta un regard sur le groupe de la terrasse, et, voyant qu'elle n'échapperait pas pour cette fois à l'aréopage réuni, elle se décida à l'affronter bravement. Elle revint vers le château à petits pas, sous les regards, avec la meilleure tenue et l'air le plus souriant.

En arrivant près de ses amis, cependant, elle leva les yeux et rencontra ceux de Beauvais qui l'étudiaient avec une persistance inquiète. Aussitôt son visage devint rigide. Elle passa devant eux le front haut, le regard fixé sur la porte, comme si c'était le seul objet intéressant qu'il y eût au monde, et disparut.

— Qu'est-ce qu'elle a ? demanda Mme Vincent à Isabelle.

— Je n'en sais absolument rien, répondit Mme Beauvais. Voulez-vous que je lui parle ?

— Je vous en conjure, fit Pierre en maîtrisant une émotion indéfinissable et douloureuse. Finissons-en ! Si elle doit me refuser, qu'elle le fasse sur le champ. Je ne puis plus supporter cette incertitude.

— Vous souffrez ? lui demanda Isabelle à voix basse, en fixant sur lui ses yeux purs et affectueux.

— Je souffre... des nerfs surtout. Certainement, je l'aime, mais je crois que je pourrais vivre sans elle, tandis que je me sens incapable de supporter encore huit jours la situation qui m'est faite ici.

Il avait parlé très bas; cependant Beauvais l'avait entendu.

— Il faut en finir, dit-il à haute voix.

Et très ému lui-même, il entra dans le château, à la suite de sa filleule. Il la rejoignit dans le grand salon.

On aurait dit qu'Hélène attendait une semonce. Debout, une main appuyée sur le piano, elle regardait du côté de la porte, l'air presque agressif, prête à livrer bataille. En voyant entrer Beauvais, elle baissa la tête, et sa main trembla. Elle quitta le piano pour s'asseoir sur une petite chaise basse qui se trouvait là et attendit en silence.

— Ma chère enfant, dit-il en s'approchant d'elle, je voudrais vous parler...

— Je sais, dit-elle, vous allez me gronder.

Beauvais ne put s'empêcher de sourire.

— J'en conviens, fit-il; mais convenez aussi que vous l'avez mérité.

— Je n'en sais rien ! s'écria la jeune fille avec impétuosité. Pourquoi ne serais-je pas libre d'être triste ou gaie suivant mon humeur ? Qu'y a-t-il de répréhensible à ce que je garde le silence, si je n'ai pas envie de parler ?

— J'aurais beaucoup à répondre à cette profession de vos droits, reprit Beauvais, mais le moindre traité de civilité vous en dirait aussi long que moi là-dessus; ce n'est pas de cela que je veux vous parler.

« Il s'agit de votre avenir... Vous avez reçu plusieurs propositions de mariage au cours de l'hiver, vous les avez toutes refusées... Vous aviez sans doute une raison ?

— Je ne veux pas me marier, dit Hélène d'une voix brève, sans lever les yeux.

— Mais vous avez engagé vous-même Pierre Hémery à nous accompagner ici... Vous ne pouvez pas ignorer, mon enfant, que cette invitation, venant après la cour assidue qu'il vous a faite tout l'hiver, était presque un engagement d'accepter sa main, s'il demandait la vôtre ? J'ai tout lieu de croire que c'est vous, maintenant, qui, par un caprice bizarre, l'empêchez de faire cette démarche... Dites-moi, Hélène, avez-vous quelque motif pour refuser M. Hémery ?

Elle resta muette.

— Vous déplaît-il ?

Elle remua lentement la tête de droite à gauche. Beauvais sourit.

— Je pensais bien qu'il ne vous déplaisait pas, fit-il avec bonté. On ne traite pas ainsi les gens qui vous déplaisent. Alors, vous l'autorisez à demander votre main aujourd'hui même ?

— Non ! dit Hélène en se levant.

Elle voulait s'échapper, il la retint par la main.

— Ceci passe la plaisanterie, dit-il d'un ton sévère.

Alors je vais signifier de votre part un refus formel à Pierre Hémery, qui va quitter Beauséjour à l'instant.

Elle rougit et hésita.

— Il faut pourtant choisir, dit Beauvais impatienté. Expliquez-vous, Hélène; voilà un quart d'heure que je vous parle, et nous n'en sommes pas plus avancés.

— Je ne veux pas que Pierre s'en aille, dit-elle sans regarder son parrain, mais d'une voix ferme cependant. J'ai beaucoup d'affection pour lui; sa société m'est très agréable, et vraiment je ne sais pas comment serait une existence dont il ne ferait pas partie.

— Eh bien! s'écria Beauvais émerveillé, que vous faut-il de plus pour un heureux mariage?

— Je ne sais pas, reprit-elle au bout d'un instant. Il me semble que...

Décidément, c'était trop difficile! Et puis peut-on demander à une jeune fille de dix-huit ans de démêler avec précision les sentiments de son cœur?

— Écoutez, dit Beauvais; si par caprice ou légèreté vous découragez mon pauvre ami, je puis vous affirmer que vous ne retrouverez jamais un mari semblable. Il a une fortune suffisante, et d'ailleurs, ce n'est pas une considération qui doit vous arrêter : je réponds de son caractère; je n'ai pas à vous parler de sa personne et de son éducation, vous avez pu apprécier l'une et l'autre... Enfin, je l'aime depuis son enfance... En vérité, Hélène, — et je m'étonne que ce soit aujourd'hui que je puisse vous en parler pour la première fois, — je me suis accoutumé à l'idée de vous voir unis.. Vous êtes mes enfants, en quelque sorte, — j'aurais été bien heureux de vous confondre dans une même affection; devenus vieux, nous aurions trouvé en vous la famille que le destin nous a refusée...

La voix de Robert Beauvais trahit quelque faiblesse : il se tut et resta pensif.

— Ce mariage vous rendrait heureux? vous le désirez? dit Hélène d'un accent tel qu'il en fit tressaillir son parrain. Je puis donc vous donner quelque joie? Ah!

mon cher parrain, si j'avais pensé que vous le désiriez !
Vous le voulez, bien sûr ?

— Assurément ! répondit-il.

— Eh bien ! j'accepte... Oh ! mon parrain, vous avez
été toute ma vie mon maître et mon guide, je ne puis
voir que par vos yeux; ce que vous voulez, je le veux...

— D'autant mieux que dans le fond, tu es, je crois,
du même avis que moi, dit Beauvais en souriant.

Délivré de toute contrainte, il se remettait à la tutoyer
comme aux jours de son enfance.

— Il faudra pourtant t'accoutumer à voir par les yeux
de Pierre, de préférence aux miens !

— Jamais ! dit le regard d'Hélène; mais Beauvais pensa
qu'il savait ce que signifiait un *jamais* de jeune fille, et
se contenta de sourire.

Il passa sous le sien le bras de sa filleule, qui se laissa
faire, et la mena sur la terrasse où depuis son départ un
silence complet régnait. En les voyant ainsi, les yeux
d'Isabelle brillèrent de joie. Un regard de Beauvais l'aver-
tit, et elle dit deux mots à Pierre qui se leva, très pâle.
Ils restèrent tous debout, interdits, un peu craintifs.
Hélène seule avait l'air assuré, quoiqu'elle restât les yeux
baissés.

— Parlez ! fit tout bas Mme Vincent au jeune homme,
qui se trouvait près d'elle.

— Madame, dit Pierre, dont la voix tremblait, j'ai
l'honneur de vous demander la main de mademoiselle
votre nièce.

Mme Vincent consulta du regard la jeune fille qui venait
de faire un pas en avant. Celle-ci fit un signe de tête
affirmatif.

— Avec son consentement, monsieur, je vous l'accorde,
répondit la vieille dame.

Pierre s'avança rapidement vers Hélène, lui prit la
main qu'il baisa, puis, passant le bras de la jeune fille
sous le sien, il l'entraîna quelques pas plus loin.

— Je vous aime ! lui dit-il, m'aimez-vous ?

— Je crois que oui ! répondit-elle avec un sourire.

V

Hélène marchait avec son fiancé dans l'avenue de tilleuls.

C'était une de ces journées où la gaieté vibre dans l'air
avec les rayons du soleil, avec les battements d'ailes des
insectes, avec les cris des hirondelles.

Hélène, les bras chargés de fleurs sauvages, marchait
d'un pas allègre à côté de Pierre, qui lui contait mille
folies, et ils riaient tous les deux comme des écoliers
en vacances.

Pierre possédait au plus haut degré le don de gagner
la confiance. Hélène s'était prise à le traiter en camarade, comme si elle l'avait toujours connu; elle s'était
attachée à lui, assez pour ne pouvoir se passer de sa
société.

Toutes les fois qu'elle se préparait à prendre sa volée
au travers du grand parc, elle se retournait vers Pierre
avec un joli mouvement d'oiseau.

— Venez-vous ? disaient les yeux et le geste en même
temps que la bouche.

Le jeune homme se levait toujours prêt à la suivre,
et ils parcouraient ensemble les recoins sombres, où la
verdure épaisse poussait presque noire, où l'eau sourdait
mystérieusement sous les lierres.

Hélène aimait la nature de tout l'élan de son âme
indomptée; elle l'aimait à sa façon, avec des enthousiasmes et des bouderies.

Ce jour d'août était un jour de lumière. La jeune fille
avait visité les blés, qu'elle avait déclarés fort satisfai-
sants. Elle revenait au château pleine d'exubérante gaîté,
lorsqu'au bout de l'avenue, à une centaine de pas devant

eux, ils aperçurent M. et Mme Beauvais qui venaient à eux, en se donnant le bras.

— Ils ont l'air étonnamment jeunes! fit Pierre. Ils sont merveilleux! Beauvais ne paraît pas trente ans! Quant à notre marraine, elle a l'air d'une jeune fille.

Hélène fixa ses yeux sur le couple qui s'avançait et ne dit rien.

— Ils sont superbes ces époux-amants! continua Pierre enthousiasmé. La vie ne leur pèse pas! Voilà comme nous serons quand nous aurons leur âge, n'est-ce pas, Hélène ?

Elle ne répondit pas.

— N'est-ce pas, Hélène ? insista Pierre, en posant légèrement la main sur le bras de la jeune fille.

Elle s'écarta imperceptiblement, et la main du jeune homme tomba. Il sentit qu'elle était mécontente et resta perplexe.

— Ce n'est pas parce que j'admire et j'aime tant votre marraine que vous m'en voulez, Hélène ? dit-il, timidement.

Elle fit un geste dédaigneux et marcha d'un pas plus rapide à la rencontre d'Isabelle, qu'elle embrassa tendrement comme pour jeter un démenti à son fiancé.

— Vous vous levez matin, petite campagnarde, dit Mme Beauvais en lui rendant ses caresses. Nous autres, Parisiens, nous sommes toujours un peu paresseux.

— Nous avons visité les fermes, répondit la jeune fille d'un ton négligent. Ce n'est pas la peine de se déranger de si bonne heure pour si peu de chose.

— Vous en parlez bien à votre aise, ma filleule, dit Beauvais en lui baisant le front qu'elle lui présentait ; vous avez de bons fermiers et une tante pour les surveiller, et un tuteur par dessus le marché, pour ne rien faire du tout, mais une véritable propriétaire...

— Avez-vous des propriétés ? fit tout à coup Hélène en se tournant vers son fiancé.

— Quelque peu.

— Tant pis !

Sur ce mot, prononcé d'un ton sec, elle reprit sa mar-
che, et ses amis la suivirent vers le château.

En arrivant à la porte, elle laissa tomber la brassée
de fleurs qu'elle tenait. Le seuil en fut jonché devant
elle ; elle mit le pied dessus, avec un air de triomphe
hautain et entra dans la salle immense qui servait
d'antichambre.

— Ces fleurs, Hélène, pourquoi les avez-vous cueillies, si vous vouliez les sacrifier ? lui dit Pierre, qui
avait pressé le pas pour la rejoindre. Elles étaient belles là-bas, elles auraient vécu; vous les tuez sans pro-
fit pour personne. Seriez-vous cruelle ?

— Croyez-vous vous montrer généreux en les mettant
dans l'eau ? répliqua la jeune fille en le regardant
d'un air froid ; vous prolongez leur supplice, voilà
tout ! Et moi je vous dis qu'il vaut mieux mourir du
premier coup que de languir de sa blessure.

— Comme vous me dites cela, fit Pierre, presque effrayé du ton et du regard d'Hélène.

— Pourquoi me prenez-vous au sérieux ? répondit-
elle en souriant.

Mais ce sourire moqueur, presque dédaigneux, ne
rassura pas le jeune homme.

Hélène monta dans sa chambre ; et, une heure après,
elle reparut, habillée pour le déjeuner, aussi brillante,
aussi [illegible] qui n'avait pas touché ce cœur
[illegible] en s'ouvrant à son tour. Avouez que vous [illegible]
mot !

— Pas tout à fait, répondit Mme Beauvais. Je trouve
bien un peu excessive l'ambition d'avoir cru comprendre le caractère d'Hélène, après des relations fort affectueuses, il est vrai, mais au fond, assez courtes,
lorsque mon mari et moi, qui l'avons toujours connue, nous n'osons encore porter un jugement sur son
compte.

— Mais, fit Pierre, interdit, vous m'avez vous-mêmes
engagé à l'épouser...

— Croyez-vous mieux connaître jamais une autre...

VI

— Je ne la comprends plus du tout, dit Pierre à Mme Beauvais, lorsque, quelques heures plus tard, ils se trouvèrent assis sur la terrasse.

Isabelle le regarda plus particulièrement ; un vague sourire passa sur son visage.

— Je me croyais quelques droits à sa confiance, reprit Pierre ; j'étais sûr d'avoir acquis une part dans ses affections ; et puis, voilà qu'à tout moment elle me laisse perplexe, troublé, presque effrayé, et encore, je ne sais pas pourquoi je dis presque, car j'éprouve une peine véritable...

Il se tut et regarda Mme Beauvais d'un air désespéré. Elle lui souriait avec une bonté qui ressemblait à de la pitié.

— Vous vous moquez de moi, marraine ! dit-il en souriant à son tour. Avouez que vous vous moquez de moi !

— Pas tout à fait, répondit Mme Beauvais. Je trouve bien un peu excessive l'ambition d'avoir cru comprendre le caractère d'Hélène, après des relations fort affectueuses, il est vrai, mais, au fond, assez courtes, lorsque mon mari et moi, qui l'avons toujours connue, nous n'osons encore porter un jugement sur son compte.

— Mais, fit Pierre, interdit, vous m'avez vous-mêmes engagé à l'épouser...

— Croyez-vous mieux connaître jamais une autre

jeune fille ? La plupart du temps, on ignore tout de la femme que l'on a choisie, jusqu'au jour où il est trop tard pour en prendre une autre.

— C'est consolant ! fit le jeune homme. Vous êtes désespérante, marraine ! Cela ne vous fait rien que je vous appelle aussi marraine ?

Mme Beauvais sourit. Non, cela ne lui déplaisait pas; ce petit nom d'amitié, que lui donnait Hélène, avait quelque chose de tendre et d'intime qui allait bien avec le sentiment affectueux que lui inspirait Pierre. D'ailleurs, ne serait-il pas bientôt le mari d'Hélène ?

— Vous êtes bien autre chose qu'une marraine pour moi, reprit-il ; je ne sais tout ce que vous êtes... Voulez-vous une confidence, une vraie, cette fois ? Hélène me fait peur !

— Peur... comment ? demanda Isabelle, toujours tranquille.

— Par l'instabilité de son humeur... Tenez, marraine, quand je la vois près de vous, vous, si calme, si égale, si bonne, elle si tourmentée, si capricieuse, elle me paraît encore plus mystérieuse ; je voudrais qu'elle vous resesmblât, voilà tout !

— Pour cela, mon ami, vous ferez bien de n'y pas compter. On ne refait pas sa nature ; Hélène a un caractère absolument opposé au mien, et ne me ressemblera jamais.

— Pourtant, insista Pierre, à force de vous aimer, vivant auprès de vous...

Mme Beauvais se mit à rire.

— Vous êtes absurde, dit-elle; mais c'est amusant de voir jusqu'à quel point les amoureux peuvent le devenir. Contentez-vous de votre lot, mon cher enfant, dit-elle, en posant sa belle main blanche sur le bras de son jeune ami. Aimez votre fiancée qui, dans trois mois, sera votre femme ; aimez-la maintenant comme un amant, pour l'aimer ensuite comme un mari. Qui sait si ces jours troublés que vous traversez maintenant ne vous paraîtront pas plus tard avoir été les plus heureux de votre existence?

— Décidément, marraine, vous êtes affligeante! dit-il, ému ; je ne vous demanderai plus de consolations.

VII

Plusieurs semaines s'écoulèrent dans une tranquillité parfaite et un accord complet.

Mme Vincent comptait patiemment les pièces du trousseau d'Hélène, qui arrivaient journellement de Paris par paquets gros ou menus, et s'entassaient dans les armoires ; la contemplation de ces merveilles suffisait au bonheur de l'excellente femme, en attendant les ineffables délices de l'acquisition d'un mobilier. C'est là qu'elle se promettait d'employer toutes les ressources de son génie domestique. Hélène paraissait soumise. Elle allait et venait avec un air heureux et apaisé. On la voyait passer d'un air affairé, portant sur ses bras graciles de grandes piles de linge qu'elle déménageait d'une lingerie à l'autre, avec des airs de ménagère entendue. Isabelle souriait à cette nouvelle fantaisie, que la tante Vincent supportait avec sa patience accoutumée.

Quant à Pierre, il se sentait heureux. La confiance que lui avait, un jour, témoignée Hélène ne s'était pas retirée de lui, et il en jouissait avec une joie profonde.

— Elle va faire quelque sottise, dit, ce jour-là, tante Vincent à Mme Beauvais, sa confidente ordinaire. Je connais Hélène ; elle m'a donné, vous le savez, assez d'occasions de la connaître ; quand elle a ces yeux pleins de malice et de défi, quand elle prend de temps en temps un air très sage, c'est qu'elle médite quelque mystification prodigieuse.

— Je ne crois pas, répondit la sage Isabelle. C'était bon autrefois, et je sais que vous n'avez que trop de raisons de croire à sa malice, mais elle me paraît devenir de plus en plus sérieuse.

Mme Vincent hocha la tête.

Cependant sa nièce paraissait vouloir lui donner un démenti.

M. et Mme Beauvais se préparaient à partir avec Pierre, et tout le monde devait se retrouver à Paris quinze jours plus tard ; l'idée d'une séparation, si courte qu'elle dût être, donnait plus de charme et de douceur encore à l'intimité charmante qui régnait à Beauséjour, avec une nuance de regret en plus.

— Faisons encore une fois le tour de mon domaine, dit, un jour, Hélène, après le déjeuner.

D'un air mutin, elle posa ses deux coudes sur la table, en regardant sa tante, qui réprima un léger soupir.

Allons en breack, continua-t-elle, c'est plus amusant, on voit mieux la campagne.

— Le grand break n'est pas très solide, fit observer Mme Vincent ; le brancard a reçu un coup, et je crois qu'il serait plus prudent de se servir de la calèche.

— D'abord, ma tante, nous ne pouvons pas aller cinq en calèche, et si vous vous obstinez à rester à la maison aujourd'hui, je ne vous inviterai pas à mon mariage. N'est-ce pas, Pierre, que nous ne l'inviterons pas ?

— Jamais de la vie ! répliqua l'heureux fiancé.

— Donc, nous prendrons le grand break, avec la paire de gris pommelé, et c'est moi qui conduis.

— Oh ! Hélène ! s'écria Mme Vincent.

— Ou bien, je n'y vais pas ! A votre choix.

— Les gris pommelé ! continua la bonne dame avec un geste d'effroi.

— Ils sont doux comme des agneaux, rétorqua Hélène.

Beauvais n'avait encore rien dit ; tous les yeux étaient tournés vers lui, en attendant sa décision.

— Soit ! finit-il par prononcer. Mais, ajouta-t-il, on aura l'œil sur vous, mademoiselle. Pierre, tu monteras sur le siège avec elle, sans quoi elle nous versera dans quelque fondrière.

Une heure après, le break filait rapidement le long des belles routes ombragées de cet heureux coin de terre. Hélène tenait ferme dans sa main mignonne les guides bien tendues de ses superbes chevaux. Pierre, assis près d'elle, aspirait avec joie l'air vif de septembre, qui semblait souffler le courage et la gaieté. Sur les banquettes, les amis jasaient et riaient ; il y a des jours où l'on rit de tout sans savoir pourquoi ; une de ces clémentes journées brillait dans le ciel serein, et tous en sentaient l'heureuse influence.

On fit le tour des fermes ; l'abondance et la joie y régnaient. On but du lait dans des tasses de faïence commune, avec des fleurs au fond ; Hélène, mise en appétit, mordit dans un gros morceau de pain bis que la fermière lui avait coupé.

Le repas terminé, tous remontèrent en voiture. Hélène grimpa sur le siège sans accepter l'appui de la main de Pierre.

— Allons ! dit la jeune fille, nous allons maintenant faire le grand tour, et d'un bon train...

Après un tournant qui, de l'aveu de Beauvais, lui-même, aurait fait honneur à un cocher consommé, l'équipage partit d'une allure rapide.

— C'est à nous tout cela, fit Hélène, en décrivant du bout de son fouet un geste circulaire, qui embrassait la vaste étendue de bois et de cultures, étalée en amphithéâtre au-dessus d'eux et couronnée, dans un pli du vallon, par le noble château de Beauséjour, avec ses toits Louis XIII et ses hautes cheminées. C'est beau, n'est-ce pas, mon parrain ?

— Oui, c'est fort beau, répondit Beauvais, mais je vous engage à vous retourner vers vos chevaux et à ne pas leur chatouiller les oreilles, comme vous venez de le faire.

— Ils ne sont pas chatouilleux, répondit Hélène, en les enveloppant d'une caresse de son fouet.

Ils l'étaient pourtant, à ce qu'il paraît, car ils pren

tirent d'un train tel, que ceux qui étaient dans la voiture faillirent être jetés les uns sur les autres; on se rassit, on s'excusa avec des sourires, mais Beauvais ne sourit point.

— Faites attention, Hélène! dit-il, d'une voix plus impérieuse que de coutume.

Elle ne l'écoutait pas, et d'ailleurs, l'eût-elle voulu, elle n'était pas tout à fait maîtresse de son attelage. Pierre la regarda, prêt à lui prendre les guides des mains, si elle en témoignait le moindre désir. Mais la voix de Beauvais avait jeté la jeune fille dans un tel accès de nervosité qu'elle eût mieux aimé mourir plutôt que de s'avouer vaincue.

— Pierre, prends les guides, dit Robert avec autorité.

Le jeune homme hésita et se pencha en avant pour regarder Hélène; les lèvres serrées, les yeux fixes, ses petites mains rigides crispées sur les guides, elle n'avait pas la moindre envie de céder.

— Voulez-vous me les donner dit Pierre, avec une douceur infinie, en lui parlant presque à l'oreille, — pour me faire plaisir?

Les traits de la jeune fille se détendirent ; elle allait remettre son dangereux pouvoir lorsqu'une brusque secousse fit craquer le brancard [illegible], qui tomba sur la route, battant les fers du cheval de droite, qui s'enleva des quatre pieds et rua deux fois.

— Elle va nous tuer tous ! s'écria Beauvais.

L'équipage, maintenu seulement par le trait, fut enlevé avec une vigueur inouïe par les bêtes effrayées, qui ne sentaient plus le mors. Un cri s'éleva, poussé par Mme Villeneuve. Isabelle ne disait rien ; cramponnée à son siège, elle regardait son mari qui, les dents serrées, le visage contracté, venait de se lever pour arracher les guides aux mains d'Hélène. Il fut prévenu par Pierre ; ce dernier, à la première secousse, s'en était emparé et les tenait fortement. La jeune fille déplia ses doigts engourdis, qui, contractés par l'effort, ne sentaient plus rien, et elle resta droite, résistant machinalement aux mouvements désordonnés de la voiture, mais les yeux fixes, comme si elle ne voyait rien devant elle.

Sous la main ferme de Pierre, aidé d'une rapide montée qui leur enleva bientôt l'envie de courir, les chevaux calmèrent leur fougue et ralentirent leur allure ; au bout de quatre ou cinq cents mètres, le break s'arrêta sur un tapis d'herbe où les roues ne roulaient plus que difficilement, et l'on s'entre-regarda.

— C'est affaire à toi, Pierre, dit Beauvais, en sautant à bas de la voiture pour examiner les dégâts, tu t'entends à conduire une voiture !

Mme Vincent entamait un chapitre de lamentations...

— Ne dites rien, fit Isabelle, elle a eu plus peur que nous-mêmes.

En effet, Hélène restait immobile, à sa place, les mains serrées l'une dans l'autre.

— Passez dans le break, dit Beauvais à sa filleule ; je vais prendre votre place.

Elle obéit sans résistance, pendant que les deux hommes rajustaient, tant bien que mal, le brancard brisé, à l'aide de quelques branches coupées dans une haie et des cordes qu'une voiture de campagne a toujours dans son coffre. Les bêtes frémissantes furent calmées par la voix et les caresses, et l'on rentra au château d'une allure beaucoup moins triomphale.

Beauvais remit lui-même le break aux mains des palefreniers, et se dirigea ensuite vers le salon.

Il pensait y trouver tout le monde, mais on s'était dispersé pour réparer le désordre des toilettes, causé par les émotions de cette promenade aventureuse. Il allait en faire autant quand il vit entrer sa filleule.

Très pâle, les lèvres agitées d'un frémissement nerveux, son petit chapeau de promenade encore sur la tête, serrée dans son étroit manteau, elle paraissait plus mignonne et plus frêle que de coutume : elle s'avança d'un pas rapide jusque vers Beauvais, mit la main sur le dossier d'une chaise, et le regarda en face d'un air résolu, mais sans audace. Elle attendait simplement qu'il lui permît de parler.

— Vous avez failli, dit-il, nous tuer tous et vous-même, et tout cela pour le méchant plaisir de me défier...

— Non ! fit-elle, très bas, en remuant la tête, mais sans le quitter des yeux.

— Comment, non ?

— Je sais que je pouvais vous faire tuer ; ce n'est pas à cela que je réponds non ; mais ce n'était pas pour un méchant plaisir. Vous me croyez méchante, mon parrain ; je ne suis pas méchante, imprudente, seulement.

— C'est déjà trop ! quand votre imprudence peut coûter la vie...

— Je le sais, mon parrain, et je m'en repens.

Elle continuait à le regarder, de cet air calme qui exaspérait Beauvais.

— Je suis venue, reprit la jeune fille, en maintenant des deux mains, devant elle, le dossier de la chaise, qui tremblait légèrement, je suis venue vous dire que j'ai mûrement réfléchi, et que je... je suis décidée à ne pas épouser M. Hémery.

— Hélène ! s'écria Beauvais, abasourdi.

— J'y suis décidée, répéta-t-elle ; d'autre part, comme je l'aime beaucoup et que je pense que cela lui causera quelque chagrin, je vous prie de bien vouloir le lui dire, et lui en exprimer en même temps tous mes regrets.

Elle baissa la tête pour cacher ses yeux, qui venaient de s'emplir de larmes. C'étaient bien des regrets, et de cuisants regrets, car elle sentait son cœur déchiré par cet effort suprême.

Beauvais, atterré, cherchait à comprendre.

— Mais, dit-il, interdit, quel motif vous pousse ? Hémery n'est-il pas le plus parfait galant homme, le plus irréprochable fiancé ?...

— Il est tout cela, et beaucoup d'autres choses encore ; je l'aime et le respecte, et je vous prie de le lui dire... mais je ne puis l'épouser.

Beauvais ne savait que dire.

— C'est une folie, finit-il par articuler ; vous brisez votre existence et la sienne...

— Il se consolera, je l'espère, et je le souhaite, car il le mérite, et je lui désire tous les bonheurs. Je l'aime du fond du cœur, — oui, je vous le jure !

— Eh bien ! pourquoi ?

— Je ne suis pas assez bonne pour lui, dit-elle.

Ils restèrent silencieux dans la vaste pièce ; Hélène pleurait sans contrainte.

— Dites-le lui, reprit-elle, je n'ai pas le courage de lui faire du chagrin. Je l'aime comme si je l'avais connu toute ma vie ; il me semble que je m'arrache le cœur en lui disant adieu.

— Mais, si vous l'aimez ainsi, vous seriez heureuse avec lui, dit Robert, et votre refus est de plus en plus inexplicable.

— Je ne suis pas assez bonne pour lui, répéta Hélène. Je le rendrais malheureux. Ma décision est irrévocable.

Il baissa la tête. Quel mystère que ce cœur de jeune fille ! Que pouvait-il dire qui ne fût une erreur ou une faute. Quand il releva la tête, elle avait disparu sans bruit, comme un souffle.

Un instant après, Pierre entrait.

— Que se passe-t-il donc ? demanda-t-il. Je viens de rencontrer Hélène, elle m'a sauté au cou et m'a embrassé ; elle pleurait à chaudes larmes. J'ai voulu lui parler, elle m'a échappé en me disant que vous m'attendiez. Que se passe-t-il ?

De plus en plus perplexe, Beauvais ne répondit pas. Isabelle se montra à son tour : elle aussi avait rencontré Hélène, qui lui avait serré les mains en passant et s'était enfermée dans sa chambre.

— Qu'y a-t-il ? répéta Pierre, en devenant inquiet et nerveux. Il se passe quelque chose de grave... Dites-le moi, ne me faites pas languir !

— Elle refuse de t'épouser, dit enfin Beauvais au jeune homme, en lui prenant les deux mains.

Hémery tressaillit de la tête aux pieds.

— Elle refuse ! Pourquoi ? Je l'ai blessée ? Cela s'arrangera. Je vais...

— Non, dit Beauvais, en le retenant. La cause de ce refus, que j'ignore, est grave et très profonde, car elle m'a dit qu'elle t'estime et t'aime ; suivant ses propres paroles, deux fois répétées, elle ne se trouve pas assez bonne pour toi.

— Ah ! s'écria Pierre, frappé au cœur, elle en aime un autre !

— Elle ne me l'a pas dit, fit Robert.

— Mais il y a un moyen de lui faire entendre raison, reprit Hémery en se tournant vers Isabelle et en passant la main sur son front comme pour chasser un mauva's rêve ; marraine, essayez, je vous en supplie... elle ne peut pas en aimer un autre... Depuis si longtemps que nous vivons de cette douce vie intime, elle n'a vu personne... parlez-lui, demandez-lui....

Isabelle regardait alternativement les deux hommes avec angoisse.

— Essayez, lui dit Beauvais.

Elle sortit. Pendant son absence, personne ne rompit le silence dans le grand salon où chacun d'eux écoutait les battements de son cœur. Elle rentra plus pâle et plus défaite qu'avant.

— Eh bien ? disait le regard de Pierre.

— Elle ne veut rien entendre, répondit Mme Beauvais.

Elle s'était assise sur le canapé, il se jeta vers elle et tomba à genoux dans les plis de sa robe, cachant sa tête sur ce sein maternel qui l'avait accueilli tout enfant. Beauvais sortit. La vue de cette douleur lui était impossible à supporter.

Isabelle avait posé une de ses mains sur la tête du jeune homme.

— Aimez-moi vous, au moins, consolez-moi, lui dit-il, je suis si isolé, si malheureux !...

— Pauvre enfant ! murmura-t-elle.

Et deux larmes tombèrent de ses yeux sur les cheveux de Pierre.

VIII

Après le départ précipité de Pierre Hémery, que M. et Mme Beauvais n'avaient pas voulu quitter dans de si pénibles circonstances, Mlle Charlier était restée à la campagne avec sa tante, qui ne pouvait se consoler de la rupture du mariage projeté.

Si la jeune fille avait été coupable en brisant si rapidement des projets qui, chose rare ! avaient eu la chance inespérée de satisfaire tout le monde, elle en avait été punie par la vue du chagrin qu'elle avait causé. Celui de Pierre, muet et digne, ne s'était révélé à Hélène par aucun signe extérieur; le silence d'Isabelle avait été le plus éloquent de tous les reproches. Mais Mme Vincent qui ne s'en allait pas, n'avait point ménagé les nerfs de sa nièce. Un déluge de larmes, sans cesse renouvelées, et une série de reproches, aussi tendres que contristés, avaient mis journellement la sensibilité d'Hélène à la plus rude épreuve. Mais, ainsi qu'on eût pu s'y attendre, ces reproches et ces larmes, loin de la toucher, l'endurcirent; elle se dit qu'elle était assez punie et imposa silence à ses remords.

Beauvais, après l'étourdissement du premier coup, n'avait pas dit grand chose; il n'avait pas eu d'entretien particulier avec sa filleule. Elle dut néanmoins passer à Beauséjour les six semaines de réclusion qui lui avaient été, en quelque sorte, imposées par son parrain comme pénitence de ses méfaits, — dans le plus complet détachement de ce qui lui avait jadis causé quelque plaisir. Vainement le soleil merveilleux de septembre tentait de l'attirer dans qulque course lointaine;

elle résista courageusement, renonçant à conduire les gris pommelés, se soumettant à de longues promenades dans la victoria de Mme Vincent, au trot paisible de deux vieux chevaux, menant, en un mot, une véritable existence de pénitente.

Quelques jours avant la Toussaint, il fallut cependant rentrer à Paris; la saison devenait froide et humide. Beauvais, après avoir consulté sa femme, dont c'était aussi l'avis, écrivait à sa filleule qu'il lui conseillait de rentrer.

Huit jours après, elle était installée dans son appartement de l'hiver précédent. Mais la vie d'alors, si douce et si gaie, était étrangement changée.

Hélène ne pouvait plus monter à toute heure, pour surprendre ses amis par quelqu'une de ses brillantes fantaisies; Isabelle avait déclaré dès le premier jour, avec une fermeté qui n'était guère dans ses habitudes, que Pierre, n'ayant rien fait de blâmable, ne serait point puni de ce qui était la faute de la jeune fille. Il garderait ses habitudes, serait libre de se présenter à tout moment ; c'était Hélène qui devrait espacer ses visites et s'assurer d'avance, quand elle voudrait venir, qu'elle ne rencontrerait point chez Beauvais celui qui avait été son fiancé.

— Alors, vous ne voulez pas venir, décidément ? fit Robert en prenant ses gants sur la table.

— Non, merci, mon ami, je suis très fatiguée; je préfère rester, répondit Isabelle avec sa douceur accoutumée.

— Je le regrette... je reviendrai de bonne heure. Si je le pouvais, je resterai pour vous tenir compagnie, mais vous savez que nous avons promis à nos amis de Marbeuf de nous rencontrer à l'Opéra....

— Allez, allez, mon ami, vous m'excuserez... Je vous attendrai avec cette revue.

Elle prit un livre et un couteau à papier sur la table.

Beauvais hésita encore une seconde, puis s'approcha de sa femme, la baisa au front et sortit.

Après le départ de son mari, Mme Beauvais prit son livre en attendant la visite de Pierre, comme il le faisait presque tous les soirs, car le jeune homme était sûr de la trouver toujours vers neuf heures, à moins que la veille elle ne lui eût dit qu'elle attendait Hélène ce jour-là.

Il entra, en effet, les mains pleines de menus objets qu'il déposa, l'un après l'autre, sur le guéridon auprès d'Isabelle.

— Voici d'abord un bouquet de violettes, marraine, dit-il, et je vous prie de remarquer que ce sont les premières de cette espèce. Ensuite, voici le dernier roman paru ce matin, il est ennuyeux, mais vous n'êtes pas forcée de le lire, et cela fait bien sur une table. Et puis, voici des marrons glacés; veuillez croire que j'ai été les chercher à la meileure source. J'ai couru pour vousdepuis une heure, ô bien-aimée marraine! Ai-je le droit de m'asseoir un peu à ce foyer hospitalier, qui va me réchauffer les pieds? car il fait un joli froid dehors. Où est Beauvais?

Tout en parlant, il s'était assis dans une pose familière et nonchalante, et ses yeux lumineux parcouraient le petit salon, s'arrêtant çà et là sur un relief mis en lumière par la clarté douce et voilée des ampoules électriques ou par un reflet du feu de bois presque endormi dans la cheminée.

— Il est à l'Opéra, répondit Isabelle.

Pierre approuva d'un signe de tête.

— J'ai lu l'affiche, dit-il; bonne musique, et ça finit de bonne heure, ce qui n'es tpas à dédaigner. Il fait bon ici, et puis c'est tout à fait gentil.

Après un instant de silence, il reprit :

— Malgré tout ce que j'ai laissé de moi dans l'épreuve que je viens de traverser, je suis étonné de voir tout ce qui me reste encore de gaieté et de bonne humeur.

— A vingt-cinq ans ! fit Isabelle, il ne manquerait plus que cela !.

— Il n'y a pas de vingt-cinq ans qui tienne, reprit Pierre, je vous dis que je me sens très courageux, très plein de vie ; j'ai eu beaucoup de chagrin, naturellement, et malgré cela, je sens en moi une élasticité surprenante. Au fond, savez-vous, j'ai dans l'idée que ce n'est pas arrivé, que c'est un rêve, et qu'un de ces jours je vais me réveiller fiancé comme devant.

— Tout est possible, fit Isabelle, d'un air rêveur, tout, même un revirement dans l'esprit de cette fantasque petite fille.

Elle regarda Pierre bien en face :

— Si elle revenait à vous, l'épouseriez-vous ? dit-elle avec une singulière insistance dans la voix.

Pierre tressaillit, se pencha en avant et la regarda à son tour.

— Pourquoi me demandez-vous cela ? fit-il, ému ; vous a-t-elle dit quelque chose ?

— Non, rien ; c'est une simple supposition : ne venez-vous pas de la faire vous-même ?

Le jeune homme reprit son attitude nonchalante et se croisa les bras en regardant le feu.

— Certainement, je l'épouserais avec joie, dit-il ; qui voulez-vous que j'épouse à présent ? D'ailleurs, j'ai dans l'idée qu'elle a eu un grand chagrin ; elle n'est pas méchante, et elle est moins fantasque qu'elle n'en a le parait ; au fond, elle a toujours de bonnes raisons ; mais comme elle n'est ni bavarde, ni hypocrite, elle ne se donne pas la peine de s'expliquer, encore moins de dissimuler, ce qui fait qu'elle a l'apparence de tous les torts, ainsi qu'il arrive souvent aux gens sincères.

— Et, reprit Isabelle, avec un léger doute, si elle a eu, comme vous le dites, un grand chagrin, vous l'épouseriez malgré cela ; tout en supposant, ainsi qu'il est vraisemblable, que ce chagrin intéresserait son cœur ?

Pierre leva ses yeux honnêtes sur Mᵐᵉ Beauvais.

— Si elle se montrait disposée à m'épouser, dit-il, c'est qu'elle aurait chassé de son cœur la pensée qui l'a conduite à me refuser maintenant. Hélène est l'honneur même : elle m'a refusé parce que son cœur n'était pas libre ; s'il redevient libre jamais, elle sentira qu'elle a quelque chose à réparer, et c'est vers moi qu'elle se tournera.

— Et vous l'épouseriez ? insista Isabelle.

— Oui. À mon sens, une femme qui aurait passé par une telle épreuve et qui en serait sortie victorieuse, serait une compagne sûre et fidèle pour l'homme auquel elle donnerait sa main, désormais en connaissance de cause et prémunie contre beaucoup des hasards de l'existence.

— Vous avez raison, dit Mme Beauvais.

— Vous me dites que j'ai raison du ton dont vous me diriez que j'ai tort, fit observer Pierre, piqué.

— Eh ! mon ami, je n'ai pas comme vous un trésor de jeunesse et de vie à dépenser; souffrez que je sois votre amie sans partager vos enthousiasmes.

Elle se tut, et prenant le livre qu'Hémery venait d'apporter, elle s'appliqua à en couper les pages avec un soin extrême, sans lever les yeux. Pierre, de son côté, muet, tisonnait le feu et faisait dans la cheminée, avec les pincettes, de beaux échafaudages de braise qui s'écroulaient à tout moment. A mesure le silence devenait plus lourd et plus difficile à rompre.

Tout à coup, le jeune homme prit une résolution.

— Marraine, dit-il, il faut que je vous fasse une confidence...

— Laquelle ?

— J'ai l'intention de voyager... Je vais visiter l'Italie que je ne connais pas.

— Pour oublier ?

— Pour me distraire !

— Je vous approuve, Pierre... Et votre absence sera de longue durée ?

— Je ne puis vous dire... Deux mois, peut-être trois.

— Et vous partez bientôt ?

— Demain soir, par le rapide.

— Vous nous donnerez de vos nouvelles ?

— Je vous écrirai souvent... C'est pourquoi je suis venu ce soir vous faire mes adieux.

Mme Beauvais était émue. Sans savoir pourquoi ce brusque départ, auquel elle ne s'attendait pas et qui allait déranger ses habitudes, la bouleversait.

Pierre se leva. Après avoir fait quelques pas dans le salon, touchant çà et là un objet familier, il s'approcha de son amie et lui tendit la main.

— Alors, au revoir, dit-il.

Elle mit sa main dans celle qu'il lui présentait ; s'inclinant, il y posa ses lèvres avec une respectueuse tendresse:

Il sortit vivement, pour ne point s'attendrir.

Quand elle fut seule, Isabelle se renversa sur le dossier, et fixant des yeux le brasier du foyer, elle demeura un long temps rêveuse.

IX

Mme Beauvais voyait très peu Hélène, maintenant.

Un jour, dans l'après-midi, la jeune fille monta chez Isabelle.

Les deux femmes s'assirent en face l'une de l'autre et se regardèrent.

— Je le vois, fit Hélène, j'ai pu vous paraître méchante, perverse; je vous jure que cela n'est pas; si j'ai fait mal, c'est sans le savoir, et encore vous pouvez me croire, madame, car je ne sais pas mentir, je n'ai rien fait de mal; il y a eu du mal, je l'avoue, mais c'est moi qui me le suis fait à moi-même.

Sa voix tomba avec un léger bruit de cristal qui se brise. Isabelle fit un mouvement; Hélène reprit :

— J'avais rêvé je ne sais quelle folie; mon rêve n'ôtait rien à personne; je m'étais figuré que je pouvais arranger ma vie pour vivre seule avec mes rêveries que je croyais innocentes; et puis, je me suis aperçue que cela ne se peut pas. On a beau faire, nos actions, nos pensées, même les plus intimes, touchent toujours quelqu'un qui vous est cher, pour le caresser ou pour le blesser... Je ne m'en doutais pas, et quand j'ai fait cette découverte, j'ai eu beaucoup de chagrin, je vous assure. J'ai pensé qu'il fallait m'en punir, car toute faute mérite un châtiment, n'est-il pas vrai ?... Et pour me châtier de mes torts, j'ai résolu d'aller m'ensevelir à Beauséjour... pour quelque temps. Voudrez-vous en faire part à mon parrain ?

— Au cœur de l'hiver ? fit Isabelle surprise.

— C'est ma tante Vincent qui ne va pas être contente! Mais il faudra bien qu'elle en passe par là.

Elle s'était levée et se dirigeait vers la porte. Mme Beauvais la reconduisit; sur le seuil, la jeune fille se retourna :

— Avez-vous des nouvelles de iPerre... de M. Hémery, veux-je dire ? depuis son départ ? est-il content ?

— Il m'a écrit deux fois et ses lettres respirent la tranquillité.

— Tant mieux ! soupira Hélène avec une douceur résignée. La pensée des maux que j'ai causés serait une triste compagne d'exil.

Elle disparut dans l'escalier et Isabelle rentra.

X

A quelque temps de là, un matin, comme Mme Beauvais achevait sa toilette, elle entendit annoncer Mlle Charlier. Elle tourna la tête et aperçut, dans l'encadrement de la porte, le joli visage d'Hélène. Etroitement serrée dans son vêtement de laine sombre, la jeune fille paraissait plus grande et plus femme que jadis. Elle s'approcha rapidement de Mme Beauvais et lui passant autour du cou ses bras mignons, elle l'embrassa avec effusion.

— Comment ! Vous voilà à Paris ! dit Isabelle surprise de cette visite matinale.

— Oui, marraine. Ne me grondez pas ! Je suis venue incognito, avec ma femme de chambre, sous prétexte d'essayer une robe. Je crois bien qu'en effet il y a une robe chez la couturière, mais je m'en soucie fort peu : c'est vous que je voulais voir. Est-ce que vous me donnerez à déjeuner ?

— Certainement ! répondit Mme Beauvais.

Elle donna aussitôt des ordres, puis revint à sa visiteuse, qui l'attendait les yeux fixés sur le foyer, l'air grave et calme, comme il sied à une jeune personn. désabusée des erreurs de la vie. Au bruit que fit Isabelle en rentrant, Hélène leva les yeux.

— Vous ne verrez pas votre parrain : il est parti pour Lyon, appelé par une affaire urgente et ne rentrera que demain soir.

— Tant mieux ! Je préfère vous trouver seule... Ma visite vous étonne, continua-t-elle, et plus encore peut-être le sans façon avec lequel je vous impose deux heures de ma société ; mais je n'ai pu attendre plus longtemps pour que nous parlions ensemble à cœur ouvert...

Elle s'exprimait sans embarras et sans arrogance. Ce n'était plus la fantasque châtelaine de Beauséjour, dont les caprices mettaient la patience de ses amis à de si dures épreuves; c'était une vraie jeune fille, bientôt une jeune femme, mûrie par la souffrance, fortifiée par la lutte. Isabelle ne put faire autrement que de lui rendre justice et d'admirer ce changement.

— Vous avez bien fait, dit-elle, je suis prête à causer avec vous aussi longtemps qu'il vous plaira; mais nous allons déjeuner d'abord, bien qu'il soit peut-être un peu tôt, cela nous aidera à nous retrouver, car il y a vraiment bien longtemps que nous ne nous sommes vues !

Une heure après, elles étaient confortablement assises dans le salon d'Isabelle, si propice aux confidences !

— Votre retraite vous a-t-elle un peu reposé l'esprit ? demanda-t-elle à la jeune fille.

— Oui, répondit celle-ci; c'est bon d'être seule; on se rend compte d'une foule de choses qu'on ne voit pas ou que l'on voit mal dans le monde. Ce n'est pas très gai, mais il faut savoir être triste, cela aussi sert dans la vie. J'ai fait l'apprentissage de bien des vérités, marraine !

Hélène prit courage pour continuer.

— Vous m'avez sans doute beaucoup blâmée quand j'ai refusé de me marier avec Pierre Hémery; vous aviez raison, marraine; j'ai agi de la façon la plus cruelle et la plus injuste. Mais mon tort n'est pas de l'avoir refusé, c'est de l'avoir accepté. Seulement, j'étais très jeune, très inexpérimentée, je ne savais pas... A vrai dire, je croyais que je pourrais l'épouser. C'est plus tard que j'ai compris que c'était impossible.

Elle posa sur Isabelle le regard de ses yeux honnêtes et continua, quoique ses joues fussent devenues pâles et ses lèvres tremblantes :

— C'est plus tard, marraine, que j'ai compris que j'aimais un autre homme, et que, par conséquent, je ne pouvais pas épouser honnêtement celui auquel je m'étais engagée d'une façon si téméraire... C'est affreux, ce que je vous dis là, je sais que c'est très mal, et pourtant il faut que je vous le dise... Vous êtes bien heureuse, vous, de n'avoir jamais aimé que votre mari.... Vous ne connaissez pas le remords.

« Vous, qui êtes sans reproches, continua-t-elle, pouvez-vous comprendre ce que j'ai souffert en m'apercevant que je m'étais trompée moi-même; que j'avais trompé tout le monde et que si je continuais ainsi, quelque bonne opinion que pût avoir de moi le monde, je n'en serais pas moins, si j'allais jusqu'au bout, déshonorée à mes propres yeux !

« Je l'ai compris, moi ! Et c'est ce jour-là que j'ai rompu avec Pierre, bien que mon cœur fût plein pour lui de tendresse et de pitié. Je savais que je lui faisais du mal, je savais que tout le monde me jetterait la pierre, et cependant je l'ai fait. Si j'ai eu du courage dans ma vie, marraine, c'est ce jour-là.

Isabelle lui tendit la main.

— Maintenant, encore un mot, reprit-elle. J'ai aimé un autre homme que mon fiancé; ne me demandez pas son nom, mais soyez sûre qu'il était digne de moi.

Elle détourna son visage, qu'un flot de larmes venait d'inonder; son émotion fut courte.

— Je suis fière, malgré tout, de l'avoir aimé, continua Hélène. Je suis heureuse d'avoir souffert, je suis presque orgueilleuse d'avoir vaincu mon propre cœur et d'être venue aujourd'hui pour vous dire : Voilà l'histoire de ma vie ! Devant ma conscience, je vous le jure, marraine, le jour où j'ai compris que je faisais mal, j'ai arraché de mon âme ce qui jusqu'alors avait fait ma joie. Je n'ai fait que mon devoir, me direz-vous, mais ce devoir était difficile.

Isabelle attira vers elle le jeune front qui se redressait fièrement et y posa ses lèvres avec un baiser de mère.

— Oh ! marraine, dit tout bas Hélène.

Elle enlaça de ses bras la jeune femme, et elles restèrent un moment unies. Tout à coup, Mlle Charlier se leva.

— Je m'en vais, dit-elle; j'emporte en moi-même,

grâce à vous, beaucoup de joie et de consolation. Vous m'écrirez de temps en temps, n'est-ce pas ? Et quand vous penserez que je puis revenir à Paris, vous me le ferez savoir. Je ne reviendrai pas sans cela.

— Vous êtes un brave cœur ! dit Isabelle. Votre exil ne sera pas long.

— Oh ! je suis heureuse là-bas... Mais ma tante s'ennuie horriblement.

Elle s'embrassèrent encore une fois et Hélène partit.

XI

Le surlendemain, après le déjeuner, Beauvais étant revenu la veille, il demanda à sa femme :

— Avez-vous des nouvelles de ma filleule ?

— Je l'ai vue la veille de votre retour, répondit-elle; je lui ai promis de lui écrire; je voulais vous en parler. Il me semble qu'il faudrait lui conseiller de revenir à Paris, n'est-ce pas votre avis ?

— Quand vous voudrez, dit-il. On va se mettre à s'amuser pour tout de bon pendant le mois d'avril; je pense qu'elle ferait bien de revenir.

— J'écrirai demain.

Après un instant de réflexion, elle ajouta :

— Je l'ai trouvée fort changée et tout à fait charmante, lors de sa dernière visite; je crois qu'elle fera une personne parfaite de tout point.

— J'ai réfléchi longuement à ce mariage rompu; il me semble que tout n'est pas fini... Et d'abord, dites-moi, ma chère femme, vous qui, à vrai dire, connaissez Hémery beaucoup mieux que moi, quelle est votre opinion sur son compte ?

— J'en pense tout le bien possible, dit-elle; c'est l'âme la plus loyale et la plus consciencieuse que l'on puisse trouver.

— C'est bien mon opinion, fit Beauvais; n'avez-vous jamais pensé que la décision de ma filleule pourrait n'être pas irrévocable ?

— Que voulez-vous dire ?

— J'ai pensé que jamais Hélène ne trouvera un homme mieux fait que notre ami Hémery; et, d'autre part, Hélène.... enfin, ne disiez-vous pas vous-même tout à l'heure qu'elle était charmante ? Il me semble qu'on pourrait les mettre en présence, de quelque façon; ils ne se sont pas vus depuis la rupture... je crois qu'Hélène pourrait être amenée à des sentiments plus... raisonnables; pour Pierre, il l'aimait tant, qu'il serait très heureux, j'en suis persuadé...

— Vous croyez ? On peut toujours essayer...

Le lendemain, Isabelle écrivit aux deux jeunes gens. A la réception de la lettre de Mme Beauvais, Hémery expédia le télégramme suivant :

« J'arriverai dans cinq jours. Je pars à l'instant de Naples. »

Cinq jours après, Hélène, retour de Beauséjour, s'installait dan sl'appartement du premier étage. Le soir de son arrivée, Isabelle alla la chercher elle-même vers l'heure du dîner, afin de bien lui témoigner l'estime et l'affection qu'elle lui portait.

Au bout de quelques jours, l'ordre était rétabli; les rapports primitifs avaient repris entre les deux étages et un soir Mme Beauvais disait à Pierre, pendant qu'ils dînaient ensemble avant d'aller au théâtre :

— Hélène est revenue.

M. et Mme Beauvais sortirent beaucoup pendant le mois d'avril. Les soirées silencieuses à la maison n'avaient jamais été beaucoup du goût de Robert.

Un soir, dans une réunion brillante où ils s'étaient rendus avec Hélène et Mme Vincent, Isabelle, qui ne s'amusait guère pour son propre compte, regardait d'un air calme autour d'elle, observant les visages.

Tout à coup, pendant l'exécution d'un duo, elle sentit un mouvement nerveux dans le bras d'Hélène, qui touchait sa chaise. Suivant le regard de la jeune fille, elle aperçut Hémery dans l'embrasure d'une porte. Il venait d'entrer évidemment, car il cherchait des yeux dans les groupes pour y distinguer des visages connus.

Hélène lui toucha légèrement le doigt du bout de son éventail.

— Marraine, dit-elle tout bas, M. Hémery vient d'arriver.

— Je le vois, répondit M\u1d50\u1d49 Beauvais. Est-ce que cela vous contrarie ?

— Non, répondit la jeune fille. Je suis bien contente de l'avoir vu...

Le duo s'acheva; un léger brouhaha se fit à l'entrée des nouveaux arrivants ,les groupes se mêlèrent; confondu avec les hommes qui se trouvaient près de lui, Pierre s'avançait, s'arrêtant de temps en temps pour saluer ou pour échanger quelques paroles. Il n'avait pas encore vu les deux femmes, quand, à deux pas d'elles, il se retourna subitement et les aperçut... Une grande pâleur envahit son visage, et une lueur étrange passa dans ses yeux;; mais ,avec un imperturbable sang-froid, il s'inclina d'abord devant M\u1d50\u1d49 Beauvais, puis devant Hélène.

— Bonsoir ! dit Isabelle en souriant. Beaucoup de monde, n'est-ce pas ?

— On a de la peine à entrer, répondit Pierre; mais lorsqu'on est parvenu à se frayer un passage, cela va tout seul. C'est l'image de la vie.

Il se tourna alors vers Hélène, qui restait immobile, les yeux fixés au loin sur un objet quelconque.

— Votre santé est bonne, mademoiselle ? dit-il; voici bien longtemps que je n'avais eu le plaisir de vous rencontrer...

— J'ai passé trois mois à Beauséjour, fit-elle sans témoigner de trouble apparent. C'est fort joli en hiver, et tout à fait reposant.

Pierre avait peut-être envie de continuer cette conversation, mais la cohue envahissante interdisait autre chose que des banalités. Après un instant d'hésitation, pensant les revoir plus tard, il fit à M\u1d50\u1d49 Beauvais un léger signe d'adieu, s'inclina devant Mlle Charlier, et se laissa entraîner plus loin par le flot. Hélène regarda Isabelle avec des yeux pleins de confiance et de joie.

— Marraine, dit-elle doucement, croyez-vous qu'il soit très fâché contre moi ?

— Non, répondit Mme Beauvais; je sais qu'il a pour vous beaucoup d'estime et qu'il ne vous en veut pas.

Un léger soupir de soulagement fut la réponse de la jeune fille.

Le lendemain, après le déjeuner, quand Robert fut sorti, Hélène monta chez Mme Beauvais.

— Je suis venue vous parler de Pierre, dit-elle sans préambule. Vous ne pouvez pas vous figurer l'impression que j'ai ressentie hier en le revoyant tout à coup. Je n'en ai pas dormi de toute la nuit.

Elle s'arrêta et regarda Isabelle.

— Eh bien ? demanda celle-ci.

— Je l'ai trouvé tout changé ; il a beaucoup souffert. Au premier moment, cela ne se remarque pas, et puis, quand je l'ai vu aller et venir dans les salons, causer avec les uns et les autres, j'ai observé en lui une certaine fatigue; il a maigri, ses yeux sont plus brillants.... je suis sûre qu'il a souvent la fièvre... Dites-moi, marraine, est-il possible que je sois responsable de cela ?

Elle parlait d'un air effrayé. Isabelle essaya de la rassurer.

— Vous ne pouvez pas être responsable de tout. J'admets qu'il ait éprouvé un chagrin réel lors de la rupture, mais je vous affirme qu'il en avait pris son parti très courageusement.

— Pauvre garçon ! dit la jeune fille pensive. Je voudrais lui dire combien je regrette la conduite que j'ai tenue envers lui... je n'aurais pas dû consentir à l'éprouver... Mais on ne peut pas dire ces choses-là, n'est-ce pas, marraine ?

— Cela ne se peut guère, en effet. Dans un seul cas, il y aurait quelque possibilité d'aborder un sujet si délicat... Ce serait si vous étiez disposée à lui permettre de renouer ces projets rompus...

— Vous rappelez-vous, dit Hélène, quand je rendis sa parole à M. Hémery, quel fut le prétexte que je lui donnai ? C'est que je n'étais pas assez bonne pour lui. Je ne suis pas meilleure à présent, du moins dans le sens que j'attache à ce mot.

La conversation sur cette question en resta là, car Isabele jugea à propos de ne pas insister ce jour-là.

Cependant, les jours s'écoulaient et la situation ne se dénouait pas.

XII

Les époux Beauvais quittèrent Paris vers la mi-avril pour aller séjourner une quinzaine dans leur propriété de la vallée d'Auge afin d'y surveiller des travaux qu'ils faisaient exécuter.

A leur retour, Hélène témoigna une joie enfantine en revoyant sa chère marraine. L'absence d'Isabelle lui avait fait sentir combien cette femme intelligente et bonne, tenait de place dans son cœur.

De son côté, Mme Beauvais fut surprise de retrouver chez la jeune fille une vivacité d'allure et d'impressions que depuis six mois elle avait bien perdue.

C'était d'ailleurs l'avis général, car, pendant le dîner auquel assistaient Mme Vincent et sa nièce, Hélène s'écria avec un retour de son ancienne fantaisie :

— Nous sommes tous étonnamment rajeunis, marraine ! M. Beauvais et vous, vous avez l'air d'avoir laissé dix ans au moins à la campagne ! Pour moi, je me sens des folichonneries de gamine dans la tête, et ma tante Vincent m'a avoué, avant le dîner, qu'elle n'avait pas plus de seize ans depuis ce matin ! C'est l'effet du printemps, n'est-ce pas, ma tante ? Si nous partions tous pour Beauséjour ? Tant pis pour le Salon !

On discuta l'opportunité d'une décision aussi grave, et chacun étant de bonne humeur, la discussion se prolongea au milieu des rires jusque dans le salon, où l'on avait servi le café.

L'hilarité générale durait encore lorsque la porte s'ouvrit et Pierre apparut sur le seuil. Un peu interdit d'abord, devant cette explosion de gaieté, il se remit promptement. Un silence assez maladroit s'était fait; il le rompit en s'avançant vers Mme Beauvais.

— On s'amuse ici, dit-il; on a joliment raison! Avez-vous fait un bon voyage, mes chers amis? Mais la réponse est écrite sur vos visages. Et vous, madame, et vous, mademoiselle, ce méchant Paris vous a-t-il laissé le courage d'assister demain à la cérémonie du vernissage?

La conversation repartit de plus belle; deux minutes après, Pierre, assis dans un fauteuil, avait l'air aussi à son aise, que si la vie, interrompue l'année précédente, venait de se réveiller d'un sommeil enchanté.

Sans qu'on sache bien comment, au bout d'une heure, il se trouva près d'Hélène, occupée des apprêts du thé.

— Mademoiselle... lui dit-il.

Elle le regarda bien en face, et il lut sur son charmant visage que, maintenant, elle n'aimait plus personne que lui.

— Nous avons été grands amis autrefois, reprit-il; je ne vois pas pourquoi il n'en serait pas toujours de même. Parce que je n'étais pas assez parfait pour mériter...

— Ne vous moquez pas de moi, dit la jeune fille, dont la voix tremblait légèrement. Vous savez très bien que ce n'est pas vous; c'est moi qui n'étais pas assez...

— Mettons que c'est tous les deux, alors, fit Pierre en souriant. C'est plus drôle, n'est-ce pas? Et maintenant que nous voici les meilleurs amis du monde, nous allons nous faire des confidences. D'abord, moi, on peut tout me dire. Je suis un vieux garçon très respectable; je ne me marierai jamais...

— Moi non plus, dit vivement Hélène.

— En êtes-vous bien sûr? fit doucement la voix d'Isabelle derrière eux.

Hélène se retourna brusquement en rougissant.

— Oh! marraine! dit-elle avec reproche.

Isabele n'était plus là.

— Et pourquoi, mademoiselle ? reprit Pierre, s'il n'y a pas d'indiscrétion à vous le demander, pourquoi ne voulez-vous pas vous marier ?

— Je dois vous le dire, monsieur, répondit-elle sans le regarder. L'explication que je vous ai donnée jadis n'était pas bonne...

— Pardon ! ce n'était pas une explication du tout, fit observer Pierre.

— Précisément. Eh bien... je me suis aperçue que je... enfin que je ne pouvais vous aimer assez puisque je ne pouvais pas vous promettre de n'aimer que vous..... Comprenez-vous ?

— Parfaitement.

— Eh bien, alors, je ne pouvais pas vous épouser, c'est bien simple.

— Oh ! extrêmement simple ! fit Pierre, avec un éclair de malice drôle dans le regard.

Hélène resta interdite.

— C'est comme cela que vous prenez ce que je vous dis... fit-elle un peu choquée.

— Les voilà qui se querellent, fit observer philosophiquement la tante Vincent.

— Ils n'ont pas perdu de temps ! répondit Beauvais en souriant.

Isabelle les considérait de temps à autre, un peu inquiète. Elle craignait qu'un nouveau caprice d'Hélène ne détruisit encore le travail qui lui avait tant coûté.

— Remarquez, mademoiselle, reprit Pierre, que je dis exactement comme vous. Vous ne pouviez pas m'épouser, c'est bien simple ! Mais, maintenant ?

— Quoi ?... Maintenant ? dit Hélène encore un peu hérissée.

— Maintenant, vous pourriez m'épouser, si vous le vouliez ?

— Vous voudriez ? balbutia la jeune fille en le regardant avec ses yeux merveilleux, des yeux d'enfant et, en même temps, de femme qui avait souffert...

— Entndons-nous... Je veux si vous voulez; mais si vous ne voulez pas, mettons que je n'ai rien dit, car je tiens, avant tout, à être votre ami... Je ne veux rien de ce qui pourrait nous brouiller encore une fois.

— Mais, monsieur, dit-ele en fixant les yeux sur lui avec insistance, je viens de vous dire que j'ai aimé quelqu'un...

— J'avais compris, mademoiselle.

— Et vous voulez m'épouser tout de même.

— Si nous nous en allions ? dit Beauvais tout bas.

— Ce n'est pas la peine, répondit Pierre, qui avait l'oreille fine. Marraine, voulez-vous venir un instant ici ?

Mme Beauvais se leva et traversa le salon en souriant avec une bonté infinie.

— Marraine, voulez-vous prendre dans la vôtre la main de mademoiselle et me la donner ?

Isabelle, fit ce qu'il lui disait et retourna près de son mari.

Pierre, tenant Hélène par la main, s'approcha du groupe.

— Nous avoons fait l'école buissonnière, dit-il, mais nous voici revenus. Je n'ai plus qu'une prière à vous faire : mariez-nous bien vite, car voilà six mois perdus. Et puis, enfin, puisque nous devons tous partir pour la campagne, autant faire du même coup l'inévitable voyage de noces.

Tout fut arrangé pour que le mariage eût lieu sans retard. La veille du jour fixé, Hémery alla rendre visite à ses amis Beauvais.

— Ce sont mes adieux à la vie de graçon, dit-il en riant. Il y en a qui vont souper je ne sais où; moi, je viens regarder encore une fois ce petit salon.

— Vous serez très heureux, dit gravement Isabelle.

— J'en suis absolument persuadé, répondit-il du même ton. Je vous devrai tout le bonheur de ma vie, et Hélène tout le bonheur de la sienne.

FIN